一本正经
喜感新闻

·W一本正经先生 主编·

1 城市记录

一男子靠着自己的聪明才智，帮助村民成功脱困。
《文荒童话》/ 扶他柠檬茶　053

男子跳江自杀却发现江中有一条蛇，被吓得游回岸边。
《谁的眼睛》/ 不二尘　109

一农场主为表感谢，将消防员救出的小猪制成香肠送给消防队。
《一只猪的奇妙冒险》/ 钨钢勺　176

生存节目参赛者野外生活一年多才发现节目因收视率不佳早已停播。
《荒野日记》/ 云听刃　236

前线调查 2

男子点一只鸡却吃出十只鸡爪,到厨房发现鸡还活着。
《鸡型调查员审核实录》/ 一握灰　012

男子一心想要进行时间旅行,开车猛冲进税务服务站。
《时间旅行》/ 椒浆　069　　《墨西哥玉米卷不加莴苣》/ 一握灰　041

男子误入传销组织,却因太能吃被赶出。
《在传销组织蹭吃蹭喝攻略》/ 老鼠吱吱　139

网友约顺风车约来大货车。
《错位》/ 朱小蛮　219

3 传奇人物

男子在网吧吐血倒地,仍然心系游戏。
《网咖的江湖》/ 邢二狗 032

女子减肥未瘦,借酒消愁醉倒在路边,后跳水自杀因太胖浮起被救。
《被人嫌弃的法器的一生》/ 椒 浆 188

男子躺车底"碰瓷",民警用二十元诱其伸手。
《碰瓷者的江湖》/ 邢二狗 099

4 情感专栏

一对夫妻幻想中奖五百万,因分配不均大打出手。
《百万夫妻》/ 周小凡　087

一男子为吸别人家的猫擅闯民宅,并在第二次闯入后被捕。
《他是一只猫》/ 明月归　167

男子因失恋开燃气欲自杀,冷静后点了根烟却引爆燃气。
《倒计时》/ 钨钢勺　124

5 要闻聚焦

为方便作案中年男子常敷面膜。
《大膜王》/ 扶他柠檬茶　020

一男子因同行的不靠谱,多次进入警察局。
《探云手》/ 闻舟　146

网贷公司找客户催收贷款,竟然为其找到失散多年的亲生父母。
《讨债大师》/ 孙黯　202

脑洞新闻暗访局

成立于公元2×××年，为了挖掘新闻背后的故事与真相，暗访局记者们一直兢兢业业，辛勤工作。

下面我们将为大家揭秘暗访局记者的工作状况。

独家访谈·暗访局对外发言人——椒浆

脑洞新闻

Q1 是什么原因让你选择了暗访局？

因为人缘差、年轻,好差事轮不上我。每年新闻专业毕业生那么多人,工作太难找,只有暗访局进得去……

Q3 暗访局对员工长相有没有什么要求?

哇,这个说起来真的很厉害,我们对相貌的要求是比照特工的要求来的。具体来说就是既要好看得令人心醉,又要让人记不住,脸盲到疲惫。因此,我们最欣赏的就是网红脸。

Q2 你们暗访时都用什么设备啊?

最主要的设备就是我们的嘴,套话全靠一张嘴。曾经弱小、可怜又无助的我们,要去暗访专业、高端又炫酷的特工。于是我假扮买菜归来的大妈去和目标人员接触。"小伙子长得真精神!多大了?有没有对象呀?没对象可要抓紧啊,再晚就不好要孩子了,不要孩子也不能拖啊,拖来拖去就没有好的对象剩下了……你要什么条件的跟我说说?随缘?唉哟你这可不行,人家有房有车的公务员可不跟你碰缘分……我看你这个点儿才去上班,工作不太稳定吧?合同工啊?还得过两年才能转正拿编制啊?这可难办了……"

Q4 你有没有被抓住过？被抓住有什么后果？

被抓住是常有的……被抓住以后打一顿是很正常的。不那么正常的后果就各种各样了……

有的同事被抓住关进小黑屋，还被门栓的狗吓了三天……还有的同事被抓住后成功引起了霸道总裁的注意，成就了一段美好姻缘。围观了整个恋爱过程的我们表示一点也不羡慕她，霸道总裁这个物种真是太能作了。

Q5 你暗访过的最难忘的对象是谁？

没错，我们领导让我去暗访一条狗，我也不会狗语不知道为什么让我去，领导还特意叮嘱我，一定不要引起别人的注意。我觉得他说得很到位，贸然在大街上和陌生狗搭讪真的有些显眼。于是，我连续蹲守了21个小时，终于在凌晨4点抓到了目标狗落单的机会，装作喝大了的酒后表演艺术家，大胆对目标狗说了句"你好"，没想到它竟然回了我一句"早上好"！天寿了狗会说话啊！

不过我是见多识广的暗访局员工，我迅速淡定了下来，按照事先确定好的问题向它提问。它说它是外星的小王子，和弟弟一起来地球体验生活，接受文明贫困星球的再教育。因为他们俩从小被宠惯了，不想吃苦，所以他弟弟选了当猫，他选择了当狗，投靠了好人家，过着衣来伸手饭来张口的好日子。

不过后来采访任务还是没有顺利完成，因为突然出现了一只小泰迪，目标狗被吓得仓皇逃窜。它戴着卡地亚定制狗牌逃走的背影，从此一直留在了我的心底……

Q6 当时你们局长为什么会成立这样一个组织?

暗访这一行,危险性很大,有几个媒体放着挣广告费的活不做来做这个呢?既然谁都不想做,那么不如我们来做,大家合作,媒体用我们的东西出新闻,我们得些劳务费,多好。

Q7 能形容一下暗访局局长是什么样的人吗?

英明神武,当代英豪!

Q8 在暗访过程中你有没有被发现过?

怎么会没有呢?其实最气人的不是被发现了以后抓起来扔小黑屋里或者打一顿,而是有人将计就计。有次我们有个新来的实习生,脸皮嫩,没说两句话就被人识破了。那家酒店老板也是闲的,发明了一套专用手语,大堂经理率先发出一个暗号,而后一路上所有酒店工作人员都悄悄用手语交流,把我们小实习生唬得一愣一愣的。

脑洞新闻

Q9 薪酬怎么样？有什么福利吗？

底薪机密不可说，金钱如云眼前过，致富就要靠劳动，绩效奖金更丰硕。至于福利，我们最大的福利就是公司周围的兄弟单位隔三岔五发福利，我们时常混进去和他们一起领。

Q10 暗访局里有什么让你印象深刻的同事或朋友？

总体来说，奇人辈出。我挑两个说说吧。曾经有个同事，跑经济口的，每次都能把暗访对象方方面面调查得仔仔细细的，然后再回去不吃不睡整理下来。后来他辞职了，现在咱们站的这条街都是他的。

还有个同事，长得让人过目即忘，你回头，他就在你背后那个免费领取冰淇淋试吃的队伍里，咱俩聊天这会儿工夫他已经排了三遍队了，正在排第四遍呢。

五年脑洞三年模拟

导读

本文记述一个世俗的渔夫偶然进入与世隔绝之地的奇遇记,通过对桃花源的安宁和乐、自由平等生活的描绘,表现了作者追求美好生活的理想和对当时的现实生活的不满。

原文重现

晋太元中,武陵人捕鱼为业。缘溪行,忘路之远近。……阡陌交通,鸡犬相闻。……此中人语云:"不足为外人道也。"……未果,寻病终,后遂无问津者。

经典问题重现

渔人临走时,桃源人叮嘱说"不足为外人道也",其用意是什么?

《一本正经玩转课本》

桃花源里住的到底是"人"吗？#	4.2 亿
门捷列夫与"元素"究竟在谋划些什么阴谋？#	3.7 亿
方仲永沦为平常人究竟是为了什么？#	3.6 亿
蛋白质吃多了会发生什么异变？#	3.2 亿

脑洞与教科书的碰撞，一样的知识点不一样的故事。
被忽略的教科书细节大揭秘，重温课堂 45 分钟！颠覆你的认知！
老师喊你上课了，这些知识点你还记得吗？

桃花源之谜 ////// 讲师·阿努鼻屎

《桃花源记》存在一条暗线，指向一个天大的秘密。大到陶渊明不敢明说，只能以一种十分隐晦的方式暗示出来。

故事要从一次难忘的旅程说起。

公元 375 年。

时年 23 岁的陶元亮已经在他的游宦生涯上漫步三年之久。这天，在行船的途中他迷路了，误打误撞进入一片桃花林。船至水穷处,他发现了一个隐秘世界的入口——桃花源村。

怀着忐忑的心情,陶元亮走进了村子。村民大惊,不一会儿便把他围了起来。

好在,村民们没有表现出恶意,只是惊奇地围着他问这问那。这让陶元亮心里稍宽。此时,村长出来请他到家里谈话,陶元亮欣然规往。

在村长的叙述中,桃源村的人是一波秦时为躲避战乱而避世隐居的流民。数百年来未接触过世俗世界。一代一代下来,大家都开始沉浸在这房屋阡陌、鸡犬相闻的田园生活之中,对外面不再感兴趣。陶元亮听着村长的描述,心生暗喜,这不是就是他一直追求的生活么?

但是随着谈话的深入,陶元亮心里生出种种疑惑。

首先领他起疑的是:语言之谜。

陶元亮发现村民所操的语言竟然是东晋时下自汉代雅言发展而来的"天下通语"。这与生自先秦音系的秦代雅言有着本质的区别。如果村民自秦末隐居至今,他们如何学到时下的语言?

带着这个疑问他进一步发现了:衣着问题。

陶元亮发现避世数百年的村民们所穿着的服饰居然与东晋汉人一样,这再次加深了疑惑(注:"男女衣着,悉如外人。")。而最终令陶元亮震惊的是:在村长带领他参观时,他发现村民会用纸糊窗,竹子则被用来装饰房屋。

（作者注：直到东汉蔡伦发明造纸术之前，竹子一直都是重要的书信原料（竹简）。而岁寒三友中的竹文化是在造纸术兴起之后才慢慢形成。那么，先秦就避世的桃花源人如何掌握东汉之后才有的文化？这点在原文中并未明说，而是隐晦地一笔带过："土地平旷，屋舍俨然，有良田美池桑竹之属。"）

以上三处，便是桃花源记中暗留的伏笔。

而这三个疑惑均指向一个事实：村长在说谎！桃花源人一直跟外界互通有无。

不过，即便村长在通外的事情上有所保留也是能够理解的。但是陶元亮年轻气盛，还是道出了心里的疑惑。没想到，村长听后低头沉默良久，最终长出口气，道："罢了，我告诉你实情吧。"

原来桃花源人并不是避难而来，而是另有原因——为了守住一个秘密。

长生不老药。

让时间回到500多年前。

始皇帝秘密授意御医徐福举全国之力为他炼制长生不老药。

但是，所谓丹药不过是一颗药丸，治病都难，何谈长生？为了保命，徐福在暗中还做了其他尝试。没想到，苦练丹药而不得的长生之术居然在两年之后通过秘术实现了。

徐福的长生不老药名叫天芒，是一种以丹药和方术相结合的秘术。

天芒实施起来比较复杂——长生者首先要长期服药调整身体。这个过程多则数年，少则数天，因人而异。之后取长生者之血液，以此为材，对一适孕妇人施以降头之术。一旦长生者归天，该妇人会立即"感而孕"。十月怀胎，生出的即是长生者。重生的长生者保留前世的记忆，也无法改变性别。

芒，茫也。所谓茫无涯际，取的是无边的意思。使用天芒的长生者即处于轮回，又不在轮回。我死后是你，你死后是我。向生而死，又向死而生。桃园中人即是当初发明天芒术的术士。数百年来，他们亦是通过天芒延活至今。而在桃源村的祠堂里，存放着徐福为天芒提的词：天亡子，子亡人，人亡人。天亡，子亡，人亡！

（未完待续）

节选自《一本正经玩转课本》
定价：35元
天猫、当当、京东即将上架

点击预定

女生为什么要手拉手去上厕所

文……扶他柠檬茶

这个问题的答案,可能会颠覆很多人的世界观。

女生,或者女人为什么要手拉手上厕所?这不是女学生的专利,我们公司的副总是位大姐,孩子都能打酱油了,每次上厕所还是要找人事部的好姐妹一起去。

很多人浅薄地以为,这是为了证明自己没有被群体孤立,是女生维系彼此关系的一种办法。然而真相却是那些从未进过女厕所的人所不会知道的——为了维系阴阳两界的平衡!

厕所,集阴、秽之地,多处建筑物正北鬼门之处,加之水流不歇,难以藏风纳水,故而生鬼邪妖魔、魑魅魍魉。

而女性天生体质属阴,比起只会看灌篮高手的男生,我们很多已经能看到另一个世界的东西了。

小学的时候,有天数学课后,后排的女班长拍了拍我的肩:"我们一起去厕所吧。"

我愕然。

班里空空荡荡,不知何时只有我二人。下一堂是体育课,同学们都已经去操场上了。我成了班长唯一一个可以选择的队友。

班长,也是班里仅有的修炼到第三重飞仙境界的女孩。而我只是第一重元婴。去斩杀厕所里的鬼魅,我肯定会拖她的后腿。

但我们还是手拉手去了。

像这样两人手拉手去厕所的,叫做双修。昔通的鬼魅,两个修为差不多的女生就可以用双修之法将之斩杀。

同时也有三人、四人、五人乃至一排七个人手拉手去厕所的,分别是三情修、四象修、五行修、七星修……

像这样多人手拉手去厕所的,要应对的大多是鬼王级别的妖,稍有不慎,就没有办法在上课铃响起前回到教室。

初中的时候,我已经修炼到第五重抱元了。那是因为有一位高人为我开了天门——学校的厕所清洁工阿姨,其实她是第十重无为境界的高人,却隐世无名。

有一次,还是三重飞仙境界的我单独去厕所斩鬼,不料太过轻敌。危难之刻,阿姨护住我的心脉,强行打通我的任督二脉,打开了我的天门。

我原来双修的女同学,她仍然只是三重飞仙境界。我嫌弃她拖我后腿,从此不带她去厕所,只和班里那些同样修到五重境界的高手一起手拉手去厕所。

女同学很低落,但是性格柔软的她并没有责怪我,而是重新和三重境界的人组成斩鬼队。

五重境界的我们,往往七八个人一起手拉手去厕所,而能配得上被我们斩杀的,也都是鬼王中的精英。

但是有一次,我们失手了。八人都逞着自己的能力,做个人英雄,结果被鬼王逐个击破。我成为了她们口中这场斩鬼行动失败的原因,从此被她们驱逐。

也就在这时,我的老队友——三重境界的女同学找到我:

"我们还是一起战斗吧?"

我的内心十分感动,然后拒绝了她。

——因为我已经决定了,从此便一人一刀,单枪匹马。

高中时候的我,境界突飞猛进,摈除杂念,一心修仙。在男同学的眼中,我是班里为数不多的独自上厕所、速战速决的女同学。然而我早已突破九重天,直逼十重天的仙人功体,没有鬼王能在我的剑下活过三秒。

她们手拉手去厕所,可能要花七八分钟才能结束战斗。而我,只需要三秒。功力不足却试图挑战鬼王的人太多,女厕所人满为患,就好像马路上都是不会开的新手司机,堵得宛如北京西直门。

男生总问:"女生为什么要手拉手上厕所?女生为什么要在厕所里待那么久?"

而我,不再和人手拉手上厕所,每次去厕所也都速战速决。在此等洒脱的背后,堆砌着无数鬼王的骸骨。

完

摘自《一本正经胡说八道》
定价:35元
天猫、当当、京东均可购买

点击购买

如何在空间站涮火锅

⊗········ Yi Yang

01

火锅源于商朝的鸣钟列鼎,历经秦汉时期的濯,三国时期的五熟釜,南北朝的铜爨,唐朝的暖锅,元朝的生爨羊(如今涮羊肉的前身),清朝火锅走上乾隆的餐桌,逐渐衍生出了北京火锅、东北火锅、河南火锅、晋式火锅、湖南火锅、贵州火锅、四川火锅、重庆火锅、广东火锅、滇式火锅、台湾火锅、蒙古火锅,还有韩式火锅和日式火锅,甚至是巧克力火锅,奶酪火锅等等。

火锅这种吃法能历经两千多年长盛不衰,而且花样越来越多,最根本的原因就是火锅这个吃法从来都不抗拒革新,具有非常强大的包容性。从青铜的鼎到今天不锈钢锅和铜火锅二分天下,从柴火炭火到电热,再到电磁炉。更不用说食材了,举个最简单的例子,辣椒在明朝的时候才进入中国,而麻辣为主的四川火锅到今天已经成为火锅的典型代表之一。

现在我们站在太空时代的大门前,火锅也是一样。如果在这个时候我们还拘泥于现在地球上火锅的形式，就太愧对那些为了一口好吃的火锅，孜孜不倦的先贤们了。我们的后代会在不知道什么星上面，指着一个和今天一模一样的火锅说，都怪我们的祖先死脑筋，火锅从21世纪就没再变过了。

我可丢不起这个人。

02

以我之见，只要是以水等液体为主要加热介质，边加工食材边吃的形式，都是火锅。

所以想要知道在太空中如何吃火锅，绕不开的一个问题就是：失重状态下，水沸腾起来是什么样子的？

这个已经有人研究过了。

上世纪九十年代，美国密西根大学的一帮人和NASA合作，在航天飞机上试了几次失重状态下的沸腾实验，观察到了失重状态下水沸腾的样子。

在此之前，Herman Merte的研究组就已经在地面上通过自由落体实验，实现了失重状态下沸腾的观察，虽然只有几秒钟，但是这些地面实验给后来真正的太空实验准备了沸腾实验使用的设备，一个可以从底部观察沸腾现象的加热底盘。

为什么一定要纠结这么个设备呢？

沸腾现象发生的位置，主要是在液体受热的界面。而零重力情况下,浮力也是不存在的,而浮力的缺失会带来两个后果:一个是气泡不会自动地浮出水面;另一个就是不会形成热水上升冷水下沉的对流。这两个特点意味着,失重状态下的沸水不像地面上的一样会不停地翻滚,如果想观察零重力下的沸腾现象,必须有一个液体受热界面的清晰视野。

也就是说,为了观察,我们需要一个透明且可以发热的容器。

最终学者们给出了一个非常简单粗暴的解决方案。

透明比较好解决,他们用了一整块石英来打磨,做了一个透明的底盘。而透明的热源就有点麻烦了。最方便且安全可控的热源自然是电热,电热就需要导体,常见的导体就是金属,所以我们需要的是一片透明的金属。

Herman 的团队直接用了一片非常薄的金箔作为导体,这片金箔薄到什么程度呢,薄到对可见光透明。这个尺寸如果用大家熟悉的 PM2.5 来对比的话,相当于 PM0.04。如果有一只草履虫趴在这片金箔上,尺寸对比相当于一只京巴趴在一张报纸上面。

总之他们在 1992 年到 1996 年的这四年间,不止一次地在航天飞机上烧开水,而且还观察了烧开水的过程。

与地面上烧水不同,失重状态下的沸腾主要有三个特点:

1. 沸腾产生的蒸汽不会以大量小气泡的状态存在,而是会迅速合并为一个大气泡。

2. 生成的大气泡会根据不同的条件,或者附着在加热界面上，或者脱离界面进入水球的中央。

3. 由于没有重力带来的对流，而水又是热的不良导体，水球各处有较大温差，且温差稳定存在。

我们就要在处于这种状态下的一团汤里面吃火锅。

这里面能发挥的余地就大了。现在地球上的火锅，只是一锅滚汤，汆烫食材，千变万化离不开一个"煮"字，然而微重力下的太空火锅，由于失重状态下沸腾的特点，又有很多新的烹饪思路。

如果把食材放在这团汤的液体部分，食材就会处于某个特定的水温中，而且还可以精确地控制水团中各个位置的温度，也就意味着可以对食材的不同部分分别精确控温煮制。

比方说蔬菜的叶子部分温度可以低一些，而根茎的部分可以温度高一些，达到地球上由于重力作用很难实现的火候控制。或者肉片的正反面分别用不同的温度煮制，一面高温断生，并让肉片沿着这个方向逐渐熟透；而另一面低温慢煮，让汤头的味道有充足的时间渗入肉片，而不会因为肉片表面首先变熟而阻隔味道的渗入。

将可以精确分区控制温度的煮制应用在各种各样的食材上，带来的将是千变万化的烹饪过程和料理结果。

如果把食材放在中央气泡中，食材会处于高温水蒸气中，类似于蒸，然而由于气泡在其中不会破裂并扩散到外部环境中，根据汤头的不同，这个气泡中的蒸汽会有不同的味道，蒸出来的食材也会带上不同的汤头赋予的风味。这个过程和重力环境中蒸的最大区别在于，这个中央气泡相对稳定，而且相对密封，这样可以让蒸汽中汤头的味道更加浓郁，而且由于处于失重环境中，整个蒸制的过程会非常均匀，是放在蒸笼里面蒸制的过程无法模拟的。

如果把食材直接放在加热盘上，根据不同的汤头和容器组合，会导致汤附着在加热盘上，就可以实现"一面煎烤，一面煮"的效果。或者气泡附着在加热盘附近，就会出现"一面煎烤，一面蒸"的效果。这就从根本上解决了煎烤中容易出现的食材脱水变干，导致口感偏硬的问题。而且可以把任何食材做成一面软嫩一面酥脆的口感，既有蒸制的鲜嫩，又有煎烤中蛋白质烧焦的香气。而且在此同时，还可以配合汤头本身的味道，或煮或蒸，让汤头的味道浸入食材。

最重要的一点是，所有上述这些新的烹饪方法，都出现在同一锅汤中，这一顿太空火锅不仅仅是涮毛肚时的七上八下这么简单了，增添了各种不同烹饪方法的组合，带来的结果就是异常丰富而新奇的味道与口感。

光是想想都觉得激动人心。

03

Herman 当年研究失重状态下沸腾现象，其实是有非常严肃的科学动机的。

沸腾现象在太空中，主要应用于航天器的温控系统，甚至于可以制造类似地球上烧开水的发电机组，用于航天器的供电。他们的研究也的确已经有了实际应用，国际空间站的温控系统使用了两相冷却系统，其中的相变过程就应用了 Herman 的微重力沸腾现象的研究成果。

所以说，航天事业还是要支持的，谁知道下次他们能搞出来什么好吃的。

完

摘自《一本正经胡说八道2》
定价：35元
天猫、当当、京东均可购买

定价：35 元
天猫、当当、京东均可购买

《一本正经脑洞作文》

震惊！太太天团重返高考现场，现身说法创作命题故事。
可怕！全国各地考生蜂拥而至，万人空巷观仰惊天奇书。
——《脑洞W》系列专辑，搜罗 2017 全国各地高考作文题目，邀请太太天团撰写命题故事，脑洞大开，趣味十足！

清华北大：你离我们只差一本脑洞作文！

《西游脑洞篇》

千年公路故事，百年经典名著，将如何被"大闹天宫"？
震惊！唐僧竟被四个徒弟分吃，西游大业毁于一旦？
天呐！六耳居然是孙悟空的迷弟？
有毒！原班人马重聚竟然是为拍五讲四美西游记？
超棒！低价快速的悟空代购开业了！东有织女企业的超时尚服装，西有顶尖设计师月桂女神的新作！
可怕！和尚念经竟能使丧尸变成人？
最早的首部西部公路片你一定知道，却不一定看过脑洞版西游记！来吧！带你一起走不一样的取经路！

定价：35 元
天猫、当当、京东均可购买

定价：35 元
天猫、当当、京东均可购买

《他是龙》

你见过龙吗？

你了解龙吗？

龙是真实存在的吗？

如果龙真实存在，它靠什么生存，我们为何看不见它呢？

围绕着龙，驯龙人、剑士、骑士、勇者、公主、王子、部落等纷纷登场，作者大大们给我们创作出 N 个世界观、N 种故事。

一本科普与脑洞碰撞的龙之经典故事集，一本关于"龙"的盛宴

《世界上不为人知的 N 种职业》

是他的职业稀奇古怪还是你孤陋寡闻？

揭露行业背后的故事，走进冷门职业人的真实生活！

遗体美容师每天面对的是怎么样的人生悲喜？

赊刀人每次赊下刀的时候在想什么？

你是否找捉刀人代写过情书？

当调教师调教你的猫狗时，真的是在训练猫狗吗？

一次未知职业背后故事的新奇阅读！

一场与职人真实生活的零距离交流！

十几位职业人匿名讲述特殊职业背后的故事。

定价：35 元
天猫、当当、京东均可购买

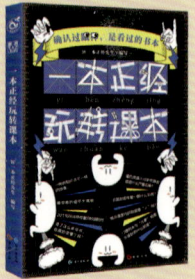
《一本正经玩转课本》
作者：W一本正经先生
定价：35.00元

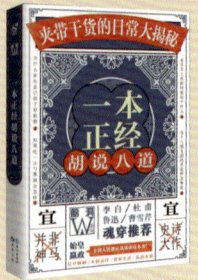
《一本正经胡说八道》
作者：王说等
定价：35.00元

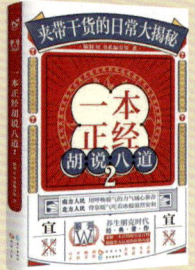
《一本正经胡说八道2》
作者：脑洞W书系编审组
定价：35.00元

《一本正经脑洞作文》
作者：巩高峰等
定价：35.00元

《西游脑洞篇》
作者：喵大人等
定价：35.00元

《他是龙》
作者：扶他柠檬茶等
定价：35.00元

《世界上不为人知的N种职业》
作者：未知职业编审组
定价：35.00元

脑洞系列书系

你们是怎样接受任务的？对于任务选择有什么标准吗？

　　局里会给我们随机安排任务，当然我们也可以自己去找。我个人更喜欢看起来就很好玩的新闻，因为这种新闻说不定背后就有奇奇怪怪的事……等下，我看到一个新闻——"一单身市民因家中的猫狗关系太好，到动物保护协会怒斥宠物虐单身狗"。这个有点意思，我准备去采访了，先走一步，下次再见！

Q11

今天的采访看来要到此为止了，请翻开下一页，进入脑洞新闻暗访局 2XXX 年度调查实况吧！

男子点一只鸡却吃出十只鸡爪，到厨房发现鸡还活着。

一位市民声称在外就餐时点的一只鸡却吃出了十只鸡爪，来到后厨，甚至发现自己先前点的那只鸡还活着。

暗访局外派成员

擅长用小人物甚至是非人视角还原现实，被暗访局长誉为"纪实之眼"。

——2XXX 年 1 月 5 日 《新闻暗访局·前线调查》报道

2XXX 年 01 月 05 日

鸡型调查员审核实录

一握灰

暗访局外派成员

审核员：这里是审核员 BI4892，现在是 2XXX 年 2 月 20 日，我将对调查员 CI2547 承接的任务做出结案审查。CI2547，我们可以开始了吗？

讲述者：能把录音笔放到我这边吗？我嗓子哑了，之前办案时叫得太大声。

审核员：好的。按照流程，先由你自己讲述一遍调查经过，如果没有问题，我们很快就能结束。

讲述者：哦，当然，我期待这个很久了，甚至还写了草稿，介意我照着念出来吗？

审核员：不，请便。

讲述者：咳咳，我酝酿一下情绪哈……那天，当暗格被揭开后，我看到了一个男人惊诧愤怒的面孔，他正是四十分钟前亲手将我送上断头台的人。他睁大着双眼，糊满油脂的双唇张开又黏住，似乎不能接受我还活着这一事实。

审核员：抱歉打断一下，这份录音是要入档的，请采用标准叙事体从头到尾简单明了地讲述。

讲述者：增加点悬疑色彩不好吗？

审核员：如果将来发生意外，这份档案会被导入你的存储器用来生成新的性格和记忆，所以为了你自己，务必认真一点。

讲述者：好吧好吧，从头开始。这是我走下生产线后接到的第一桩任务。你知道，像我这种D级伪装机器人跟你们B级仿真AI不一样，平时就待在总部，偶尔获准外出也必须装作只是普通的动物。虽然级别低，不过我有一颗上进心，总想干出点成绩。这次接到的指示是排查辖区内的食品安全，和我理想中出生入死、惊险刺激的外勤工作有点出入，不过资深特工也得从基层做起嘛，我懂的……等等你在写什么？

审核员：只是遵循惯例填写关于你的观察反馈表而已。

讲述者：我看到你画了个叉！

审核员：这项是"是否存在逻辑缺失"，你觉得我应该给你打个钩？

讲述者：……刚刚说到哪儿来着，哦，食品安全。经过我的缜密摸排，发现了一家黑店。

审核员：具体说说摸排环节。

讲述者：就是……我的头儿，你也认识，特殊调查部的王主管，他给了我一份名单，那家黑店赫然在列……

审核员：呵。

讲述者：这不重要，关键是我制订的作战计划，太精彩了，妥妥的好莱坞大片范儿！

审核员：你制订的，还是王主管制订的？

讲述者：他负责勾勒框架，我负责完善细节。唉，你别老打断我，思路都给你整乱了。你也知道那些黑心商贩隐藏得有多深，要抓个现行可不容易，所以才需要我们这批精通伪装技巧的特殊调查员。

我和头儿一合计，得来个人赃俱获才行。可我们不知道黑店具体是个什么操作啊，是缺斤少两呢还是用地沟油啊？没有突破点，就不太好下手。

　　审核员：给你编程的那位技术人员挺爱听相声吧。

　　讲述者：这不口才好，吃得香嘛。欸，接着讲啊，要不怎么说我们王主管是个人才呢，一拍脑门想出一套连环计。先来个无间道，让我去卧底。我装作一只普通的大公鸡，被卖进了那家店。还甭说，凭借我出神入化的精湛演技，他们毫不怀疑就把我迎进了大门。

　　审核员：通常来讲，没有人会对一只从菜市场买来的大公鸡起什么疑心。也没有人会想到一只平平无奇的鸡其实是最新研发的调查型机器人。

　　讲述者：不是，你老拆我台有意思么？我之所以被做成一只鸡的模样，还不是为了方便和群众打成一片嘛，让你去，披着人造皮，衣冠楚楚的，一看就是执法精英，那些不法分子敢跟你掏心掏肺吗？

　　审核员：行行行，接着说你的无间道。

　　讲述者：我成功打入敌人内部之后，遭到了惨无人道的虐待，所见所闻，触目惊心。

　　审核员：嗯，有任何损伤吗？这个是需要报备的。

　　讲述者：被拔了几根毛算不算。

　　审核员：你说的虐待是指什么？

　　讲述者：他们把我和其他几只鸡关在一个小笼子里！不给吃不给喝！

　　审核员：你本身也不需要吃喝。如果认为自己有心理创伤，我会联系技术人员对你的感情程序进行修复。

　　讲述者：那倒不用……

审核员：说重点。

讲述者：留给我的时间不多，我必须在被发现端倪之前找出他们的破绽。我试过和其他狱友交流，然而遗憾的是，虽然我看起来是只货真价实的鸡，但并没有被编入鸡类语言程序，沟通一时陷入了僵局。正在这时，有人到后厨来了，站在笼子前虎视眈眈地打量我们。厨子站在他身边笑呵呵地说："都是自己养的土鸡，看着不肥，但是肉结实。"骗子，明明是从菜市场买来的。我默默在心里记下一笔：不实宣传，欺骗消费者。

正当我偷偷给头儿递消息时，来人忽然蹲下来盯着我猛瞧。把我给吓的，还以为露馅了，立刻扑扇着翅膀引吭高歌。那厨子居然还煽风点火，说看我叫得这么欢，精神头十足，下锅后肯定肉质劲道……当时我这心就凉了，难道要出师未捷身先死？

不过幸好，顾客嫌我个头太大，转而相中了我刚刚结识的狱友。我眼睁睁看着厨子撸起袖子，捏住它的翅膀把它拎了起来，然后闷头按进一口大木桶里。厨子弯腰伸手在木桶里捣鼓了一会儿，我看不见他在做什么，只能听见那只鸡绝望的哀鸣，不过很快它就不叫了。我预感到稍后厨子会从桶里拎出一只耷拉着脖子气绝身亡的鸡……然而意想不到的事情发生了！太匪夷所思，太不可思议，叫人不得不质问，这究竟是道德的沦丧还是人性的缺失？

审核员：别耍嘴皮子。

讲述人：就烦你这种观众，不捧场就算了，还喝倒彩……反正就是，那厨子两手空空地站起来了。我就纳了闷了，顾客挑好了用来下锅的鸡，他不宰杀，搁这儿耽误什么呢。可疑，太可疑了！我就目不转睛地盯梢，你猜怎么着？他愣是在厨房里磨叽了二十分钟，然后才不慌不忙地揭开灶台上一口锅的锅盖，从里面舀出一盘像是鸡块的东西，叫服务员端了出去。

开眼了我，这变戏法呢？把活鸡塞木桶里，空着两只手干等，然后就能从锅里盛出香喷喷的鸡块？肯定有猫腻！接下来我又观察了一阵儿，发现但凡被客人挑中的鸡都会被塞进那只木桶里，然后就再没动静。给顾客端出去的菜，都是从另外几口锅里舀的。

我眼睛里有摄像头，看见的画面全直播给了主管，没过多久就听见他说，他要亲自来会会这家店。

那天是元宵节，人们要么回家自己做饭，要么破费吃顿好的，像这种街边小店反而生意冷清。头儿是晚上来的，奔厨房直接就点了我，说要吃双椒鸡。我十分配合地惊恐尖叫，奋力扑腾，将一只预感到死亡逼近的鸡的不甘愤怒演绎得淋漓尽致……最后还主动瘫软在地送人头，被厨子抓住再投进那只诡异的木桶里。

不入虎穴，焉得虎子。这招其实非常凶险，我们都不知道木桶里到底藏着什么玄机，万一是全自动杀鸡放血拔毛烹饪流水线怎么办？我虽然是钢筋铁骨，可也会短路啊。但身为一只有抱负重责任的鸡型调查员，我还是义无反顾地上了。

审核员：注意措辞。

讲述者：正讲到重头戏呢，别打岔。我被厨子捏住翅膀扔进了木桶里。然而……惊悚的一幕发生了：里面，什么，都没有！空空如也！那些先前被扔进去的鸡呢？哪儿去了？凭空消失了？还是真的被做成菜拿去让人吃了？可我一直监视着后厨里所有人的一举一动，他们完全没有作案时间啊！

正当我冷汗涔涔的时候，又听见服务员在劝头儿离开，他怕打草惊蛇就出去了。

厨子松了口气，一手制住我，一手在木桶底部摸索着，竟然把桶底翻开了。这是什么情况？密道？地窖入口？神奇动物在哪里？

不容多想，厨子一把将我塞了进去……好家伙，你猜我看见什么了?之前那几只鸡居然全在这里!活生生的!全挤在小小的暗格里。

至此,我算是明白了……这家黑店干的是挂羊头卖狗肉的勾当。表面上让顾客来后厨挑鸡,实则移花接木,用障眼法把活鸡都藏起来,再把锅里也不知道是什么玩意儿的东西拿出去糊弄顾客。

太可恶了!

我通过内网把这一发现告诉了头儿,他说自有妙计。过了十几分钟吧,我听见外面一阵吵吵,头儿在喊着"我们点了一只鸡,却吃出了十个鸡爪子,我们吃的到底是什么"之类的,然后其他顾客也被惊动了,一伙人群情激奋地冲到厨房找人对质。之后就像我开头讲的那样……头儿一把掀开暗格,发现了我和其他鸡。

审核员:后面呢?

讲述人:后面就没我什么戏份了啊,那么多围观群众在现场,我只能继续装傻充愣催眠自己是一只真鸡。头儿也顾不上我,他得扮演好愤怒的消费者,忙着揪住店老板报警呢。

再后来,黑店得到了应有的处罚,任务圆满结束。

审核员:嗯。

讲述人:你写什么呢?

审核员:你的评估报告。

讲述人:能让我看一眼吗?

审核员:给。

讲述人:"……经审查,鸡型调查员CI2547表现尚可,具有一定的临场应变能力,程序运行稳定,虽然表现欲旺盛,但是不影响工作,建议通过考核。"

等等,什么考核?

审核员:出厂考核,通过之后可以给你安排更高级别的任务。

讲述人：比如保护重要证人或者守卫国家机密吗？！像阿汤哥那样的？哎，别走啊哎——

"嘟——"

录音结束。

重播请按#号键。

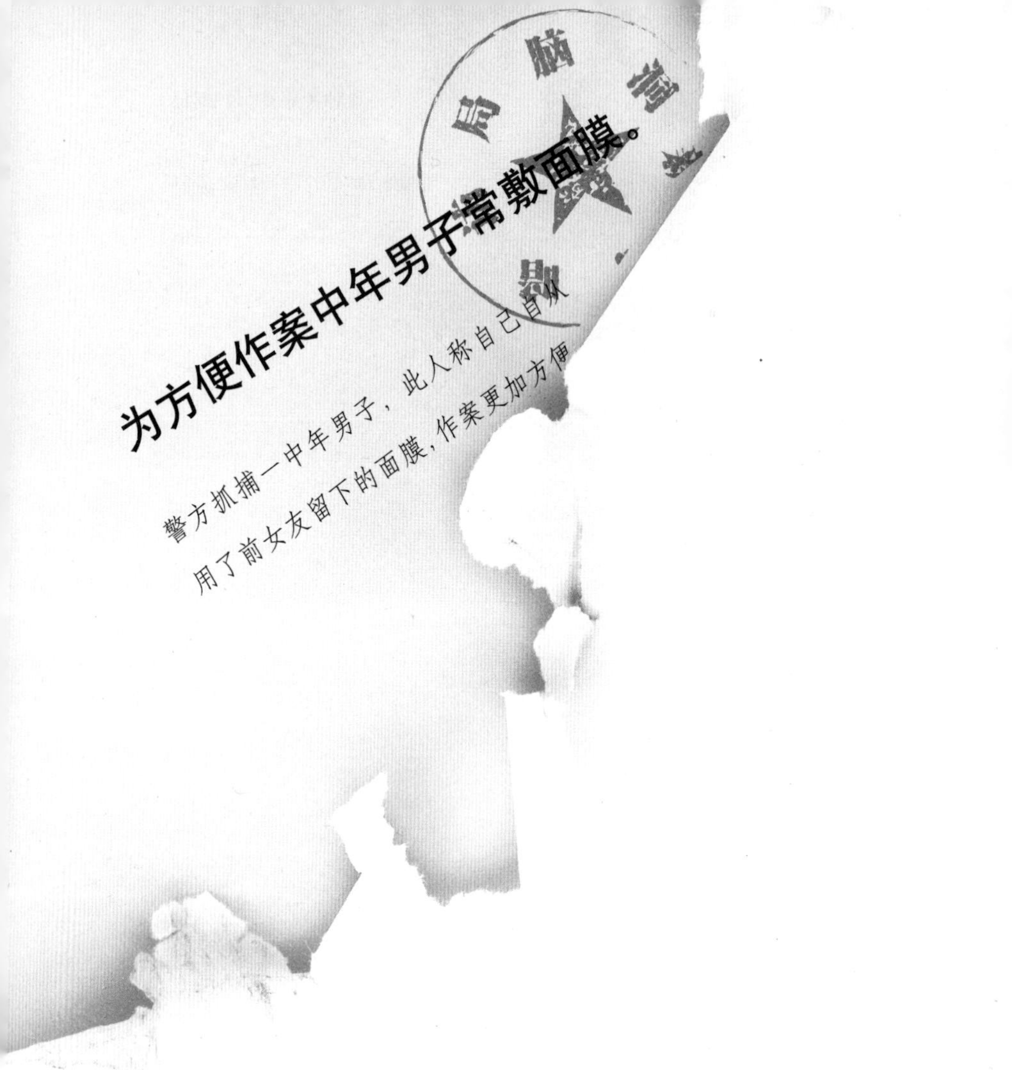
为方便作案中年男子常敷面膜。
警方抓捕一中年男子，此人称自己自从
用了前女友留下的面膜，作案更加方便

暗访局外派成员

扶他柠檬茶

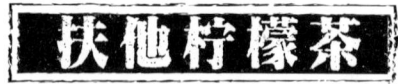

喜欢在暗访时夹带刀片，如果发现不配合情况，经常使用暴力手段获取暗访结果。局里多次通报批评。

——2XXX 年 1 月 12 日 《暗访局・要闻聚焦》报道

大膜王

暗访局外派成员

"你为什么敷着面膜?"酒吧里,对面的酒保问。

那个男人静默不语,过了一会儿,他问:"愿意听我讲一个故事吗?"

01

张令令和女友分手之后,女友带着行李重重关上门,留他一个人收拾家里的一片狼藉。

"神经病。"这是女友最后和他说的话。

那盒面膜就是他在浴室找到的,估计是她忘了拿。张令令其实挺好奇的,她每天敷这个到底有什么用。

男人是一种神奇的动物。一方面,在台面上他们与所有女性沾边的东西划清界限;另一方面,他们的内心又对所有具备着女性特征的行为与仪式充满憧憬和向往。

曾经有一个哥们说,找女友只是为了有个借口体验修眉毛和涂指甲油的感觉。

张令令不否认,自己的内心也有这种冲动。这盒面膜包装上面没有文字,没有货品名,单纯只是个纸盒子。

……三无产品?

他随手拆了一包,单片包装是纯透明的塑封,白水似的液体包裹着薄薄的面膜纸。现在新式的面膜纸贴在脸上非常服帖,轻薄如无物,也没有那种化工品的浓烈香气。

等他贴完后,才见到盒子里有说明书。

"面膜侠……贴上面膜后能力持续四小时左右,根据皮肤含水量差异,持续时间不同……"

02

"你进高中生宿舍偷东西,总共偷了现金四十,球鞋一双……"民警坐在对面拍桌子,"还有!问你话呢,脸上的面膜给我揭下来!"

张令令说:"我不想偷的,但是贴上这张面膜,就突然控制不住自己了。看到腰包就想掏,看到窗子就想翻。"

没人信。刚好最近市里还有个连环杀人案,警察差点把他查了个底朝天,还好作案金额没超过一百,球鞋也是山寨货,四十块一双。

那天夜里他敷上面膜后,突然就被一股冲动控制了,潜进旁边高中的学生宿舍偷东西,撬锁,翻窗,一气呵成,好像经验老到的贼。

然而在此之前他压根不知道怎么开锁。

被关了几天放出来,他回家第一件事情就是去找那盒面膜。拉开厕所门一看,马桶边蹲了个瘦巴巴的小青年,怀里正揣着那盒面膜，脸上还敷着一张！

这才是真贼啊！

张令令冲上去就是一脚，想仗着体型优势将对方拿下。怎料这人看似弱不禁风，身手却好得出奇，三下五除二便是一招小擒拿，将张令令牢牢扼制在地。

"对不住对不住，你先听我解释！"他一只手摁着张令令，另一只手拿着从垃圾桶里翻找出来的面膜包装，"你是不是已经贴过这种面膜了？"

"是！我人都被拘留了！"

"谁给你这盒面膜的？"

"我女……前女友留下的！"

小青年一怔，松了手；张令令为了躲他，跳到了马桶盖上。

"你用的是面膜侠计划中的实验品。"过了几秒，那人解释道。

"什么侠？"

"面膜侠。我叫徐优君，别担心，我不是贼，只是来调查实验品下落的。"他指指自己的脸，"你应该也感受过实验品的威力了。"

张令令将信将疑："让人偷东西？"

"不，是通过肌肤的吸收，让人暂时拥有一种能力。"他将脸上的面膜揭下来，递给张令令，"贴上这张的能力是李X龙武术。"

张令令拒绝了徐优君的好意。

徐优君叹了口气："我们一般都会让别人体验一下面膜侠的威力，再让他们决定是不是加入面膜侠计划。你只体验了小偷的能力，当然会觉得这个计划不靠谱。但是上路推塔中路 GANK，勇者队伍里要配备骑士奶妈盗贼法师战士，这是常识。"

面膜侠计划，是生物研究院的研究生徐优君和几个狐朋狗友瞎折腾出来的。他们可以将任何人的身体组织，比如指甲、头发、皮屑，培养提炼为黏稠的液体，再由皮肤吸收，就能暂时掌握这个人的能力。

结果，实验进行到末期出了意外，其中一个成员在试用了其中一张面膜后，突然将实验室里已经研发出来的面膜全都带走了。等徐优君他们发现这个成员的异常时，这盒承载着奇奇怪怪能力的面膜早已不见了。

"我们一开始的身体组织，都是用自己的，偷室友的，在路边找人要的，去理发店捡的……"他说到这忍不住叹了口气，"所以有些面膜的能力，我们自己也不清楚。比如那个同学，我们到现在都不知道她究竟用了附带什么能力的面膜，才会将实验室的面膜都偷出去……"

这不是乱来吗？！

张令令翻了个白眼："那你们是怎么找到我家的？"

"另一个同学拿来了自己老爸的头发。他爸是本市传奇刑警之一，据说只要看一眼案发现场，就连犯罪分子那天穿啥颜色内裤都知道。我用了附带他爸'推理'能力的面膜，一路查到了这儿……再用带着'偷窃'能力的面膜撬锁进你家。寻找面膜时担心被屋主袭击，于是又敷上'武术'能力……"

"为啥你能用那么频繁？我足足和那股偷窃欲望抗争了好几个小时！"

"哦，你没有这个……"

他摸了摸口袋，拿出个小塑料罐子。里头是黑泥似的玩意，散发着淡淡清香。

徐优君说："这是清洁面膜。类似橡皮擦，可以擦掉上一张面膜的作用。"

03

徐优君希望张令令能加入他们的面膜侠组织。这小青年有个伟大理想——用面膜承载的各种能力行侠仗义,维护都市的和平。

张令令拒绝了,但是希望向他买一张面膜。

"有没有带老司机能力的面膜,我下周考科二。"

新闻上都在报道最近的连环杀人案,考驾照的时候,张令令还听其他考生聊到这件事。

其次就是聊张令令。

"哎,这家伙怎么敷着面膜来考驾照啊……"

驾照考试也没规定不能敷面膜来考,张令令对考官很自然地解释道:"因为我懂得保养。"

徐优君又来找他了:"你就来参加我们的活动,试一下嘛。"

这几个小年轻,每天夜里敷着武术面膜,在大街小巷打击小偷小摸行为,把人揍完一顿后留下"面膜侠"三个字,扬长而去。

张令令还是没兴趣:"你们那有没有撩妹能力的面膜?我想和前女友修复一下关系。"

徐优君鄙视他:"只顾儿女情长!你对得起你敷的面膜吗!"

"再给我一张老司机面膜,让我过科三。"

"除非你加入我们。我有预感,你会是一个优秀的面膜侠。"

为了科三,为了考驾照花的那么多钱,张令令只能答应参加面膜侠最近组织的一次活动。他目前也没有工作，索性就跟着去瞎胡闹。

几个小年轻晚上窝在一个码头集装箱里做实验，脸上都敷着面膜。"这是我们偷了教授的头发做的面膜，"徐优君也撕开包装敷上一张，"学术水平顿时上了个台阶。"

张令令说："我高考的时候咋没遇到你们呢，要是遇到了，估计北大清华随便考。"

他们正站在门口说话，里面一个妹子哭着过来："老徐，我搞清楚那天我敷的面膜里是什么能力了！那是臭嘴他姐的头发做的，她是个卖三无面膜的微商！"

这估计就是那个敷了面膜后把实验室的面膜都拿出去倒卖的人了。另一个满口蜡黄牙齿的胖子挠着头走过来，怎么看都不像是个未来的科学家，倒像个厨子："还不是你乱用实验品……"

徐优君摆摆手，向他们介绍张令令。这个奇怪的名字吸引了他们的注意，得知张令令的前女友就是买了三无面膜的人之一，那个妹子哀号一声捂住了脸："我错了！"

"算了，反正都已经是前女友了。"张令令安慰她。

妹子立刻变了脸："男人没一个好东西。"

这一屋子一共六个人，全都不太像传统搞学术的乖学生。今天实验做完后不久，大家就用清洁面膜擦了把脸，再敷上李X龙面膜。"有时候有次品。"徐优君说，"一开始样本管理很混乱，可能五张李X龙里面就会混进一张李X璐，凑合着敷吧。"

面膜的生产器在墙边运作着，操作极其方便，只要把一个人的毛发指甲之类的组织扔进机器上方的孔，机器就会记录这个DNA和其所携带的特长能力，再按一下生产键，面膜就可以无限量生产了。

面膜上脸，顿时，一种肌肤每个毛孔都喝饱了水的感觉充盈着他的思绪，令他赞叹一声。脸上微微发热，热量随之蔓延到全身，令人有种战无不胜的自信，好像绝不会浪费健身卡的私教课。

肯定不是李 X 璐，他放心了。

"今天，我们还是去南京路巡逻。"敷着面膜，徐优君的声音略带些模糊，"根据我的推断，连环杀人案的凶手仍然会徘徊在那附近。"

04

往昔繁华的商业中心南京路，因为近日手段残忍的连环杀人案变得冷清了许多。徐优君说，要是能抓住那家伙，我们就不叫面膜侠了，改叫膜王。

他今天敷的是推理面膜，看起来格外高深，带着大家在大街小巷转了三个圈，最后还是一无所获。

"冬子，你爸的面膜是不是不灵啊？"

"开玩笑？！"

冬子的爸爸就是那个传奇刑警，破案无数，理论上来说应该不至于一无所获。可他们就是如盲头苍蝇一般原地乱转，别说凶手了，连线索都没找到。

张令令不想陪他们闹了，自己还要快点去找份临时工，否则下个月只能喝西北风了。

"对了，推理面膜有多的话给我一片。"他冲着徐优君伸出手，"我去找我前女友，好久没和她联系了。"

前女友离开自己，也不是没有理由的。

张令令知道,他没有正经工作,偶尔打工,又很快就会因为不去上班而被炒鱿鱼。自从那天说要分手,两人就再也不曾联系过。

以前也有吵架,也说过分手,但大多过了几天就和好了。因为,他们是真心喜欢彼此的。

毕竟交往了很多年。

张令令拢紧了羽绒服,敷上了那张推理面膜。顿时,四周的一切在他眼中都无比清晰——迎面走来的男人左脚受过伤;左手边的女人无名指上有结婚戒指的印记,可能刚离婚⋯⋯

张令令转头看看路边玻璃橱窗上自己的倒影。一个高大却苍白的男人,并无什么特殊魅力,没钱,没特长,连他都说服不了自己去喜欢这个人。

还敷着一张面膜。

如果有些成就,他就会更有底气吧?就凭着这张推理面膜,能做出什么成就呢⋯⋯

⋯⋯找到连环杀人案的凶手?

张令令深吸了一口气,露出了自嘲的苦笑。试试?至少当一个英雄,还有挽回她的资本。

在作案两个月后,连环杀人案的凶手被警方抓获。一个匿名市民提供了关键线索,自称"膜王"。

凶手名叫王冬,是生物学院的一名研究生。最令人震惊的是,他的父亲是著名的刑警。

"所以,故事讲完了?"

酒保放下手中的酒杯问。

褐黄的暖色灯光落在吧台上，映射出木质的纹理。光洁到足以当镜子的桌面映出了一个人的脸庞——敷着面膜的青年。

而如今坐在吧台后的这个面膜男，指甲修得很干净，衣着打扮得体，从坐进来到现在，只点了一杯低酒精的椰林。

"你听说过膜王吗？"青年问。

"听说过，那个举报了连环杀人案凶手的人。就是你吗？"

"没错。"

"那你找到你的前女友了吗？"

"没有。"

酒保嗤笑，从吧台后走出来，在他身边坐下。

"——那，我也有个故事想告诉你。"

05

杀人案的真凶，或许并不知道自己杀了人。

严重的人格分裂患者，会在主次人格交替时忘记另一个人格的记忆。酒保说："你想过没有，凶手也许是有双重人格的。"

杀手人格杀人无数，而真实人格却对此浑然不知。

"比如你的这个故事，还有另一种展开，"他在转椅上转过身，笑意柔和，"假如，膜王，你，张令令，才是杀人案的真凶。"

"哦？"面膜后，张令令挑眉，"怎么说？"

"你的杀手人格犯下案子，你却不知。也许你的女友曾经被杀手人格暴力对待过，所以感到害怕，提出了分手。就在她拎着行李箱离开时，杀手人格杀害了她。而正常人格没有关于这些的记忆，所以在张令令看来，女友只是和自己分手了，离开了这间房间。事实上，她很可能已经死了，被放进那个行李箱里，扔进了城市的下水道里。"

"继续。"

"——这也就是为什么徐优君带着推理面膜会来到你家，第一，是为了那盒面膜；第二，他心里想着杀人案真凶，于是才到了你家。然后他敷着推理面膜带你们去南京路，却像盲头苍蝇一样打转，就是因为，其实他已经找到了凶手，就是你张令令。只是，他自己都没有发现。"

张令令笑了："众所周知，最后的凶手是王冬。"

"没错，然而，这都是张令令杀手人格的计划。"酒保开了瓶酒，替两人倒满，眼神平静无波，"当你看到那台面膜制造机时，你把自己的头发放进去，造出了杀手面膜，再将它混进其他面膜里。你可能后来在那里装了摄像器，这片面膜上应该有只有你看得出的记号，于是，杀手人格的张令令一直在监视，看几个人里面谁用了杀手面膜。而王冬则是那个倒霉蛋。"

说到这，酒保的笑意淡了，叹了口气。

"再然后，你算准面膜的生效时间，跟踪王冬，匿名报警举报了他的行踪。王冬行凶前被抓住，并且在审问时承认了自己的罪行……哪怕当面膜的效力结束后他改口，可却已是大家心目中的真凶了。"

张令令坐在对面听他说着，听到这里，忍不住低低笑起来鼓掌。随后，他从口袋里拿出了另一片面膜，继续敷在脸上。

"——你敷的，是杀手面膜吧。"酒保问，"因为王冬作为你的替罪羊被抓，你再无顾忌，想利用面膜让杀手人格永远成为主人格……"

"你是怎么想出这个故事的？"张令令站起身,俯下身看着酒保,手里不知何时多了把刀,"你知不知道,其实你本来不用死?"

下一秒,吧台后突然蹿出一个人——敷着面膜的徐优君。他突然袭来,扭住了张令令持刀的手,将人重重按在吧台上。

酒保面无表情地脱下了黑色背心,从吧台后拿出自己的外套穿上。酒吧里顿时冲进了多名警察,将张令令团团围住。

"现在你知道,我是谁了吗?"酒保凑近了他,面无表情,"我,是冬子的父亲。"

男子在网吧吐血倒地，仍然心系游戏。

一男子在网吧吐血倒地，警方接到报警后迅速赶往现场，据调查男子已连续上□多时，被抬上担架时仍心系游戏，坚□己就要赢了。

暗访局外派成员

暗访局江湖派协会会员，主要对各种江湖事件进行走访，有时甚至会违规假扮成江湖人士离岗打游戏。

——2XXX年2月14日 《新闻暗访局·传奇人物》报道

网咖的江湖

邢二狗

暗访局外派成员

01

指如疾风,势如闪电。

网吧的A25号机,一少年左备容臭,腰白玉之环,锦绣绸缎披身,烨然若神人。

我关注他很久了。

我关注他,并不是因为他的脸。

诚然,他确实很帅。眉眼清秀,皮肤光滑,在乌烟瘴气的网吧中显得尤为出众。

我关注的是他的手。

手指修长,翠白如玉,远看真如金银细软……

我点起一根长白山,躺在我的破旧老式网吧沙发上,打开一袋辣条,让辣条的辛辣味和廉价香烟的烟雾掺杂在一起。现在,我离网吧的标配套餐只差了一桶老坛酸菜牛肉面。

我上一次见一阳指,是在大黑山论剑时,各门各派的高手齐聚一堂，想那大黑山风景绮丽，地势险峻，海拔足有六百米。就算你会轻功，也要爬上二十多分钟；如果你要步行，大概要花费一小时之久。

那一天，我是第一次看段家后人第一次用一阳指，他对着那一人粗的树干，将自己的手指如钻孔器般向树干捅去，频率之快，世所罕见，一分钟足要戳275下。

叹为观止。

我在表达钦佩的同时，也第一时间送上了止血药和创可贴，我看着他那血流不止的双指，顿时觉得学武之人果有坚韧不拔之毅力，尽管那参天大树，纹丝不动。

当我今天看到这位少年时，我便想到了那血淋淋的双指。

他更快，手指在键盘上飞速地点击着。

我看了下手表，此人一秒之内，要敲击键盘十次以上，左右开弓，右手在鼠标上疯狂点击。鼠标的点击次数我数不太清，因为在我眼里，这少年已经快出残影了。

他要是在别地儿快，我管都不管，可惜，他是在这里，他是在这天豪网吧。

那不行，那万万不行。

因为我是这家网吧的网管，他再这么玩，键盘就该废了。

02

所以我主动去找了他。

"老哥。"

"老弟。"

"借一步说话。"

"不借。"

他没有看我，态度冷淡，我转而看向屏幕，看见他正千里迢迢追杀一个残血英雄。

"敌军还有15秒到达战场，赶紧跑。"我提醒道。

他第一次对我的话有了反应，他抬起头，给了我一个大大的白眼。

而即使他没看屏幕，他的手也未曾停下，他敲击的每一下键盘，我都觉得心口在滴血。

果然，不出15秒，从草丛里跳出几个壮汉，将他的屏幕变成了黑白画面。

"好眼力。"他的双手终于从键盘上移开，趁着复活时间的档口，他点了根烟。

"上一次参加大黑山论剑的一阳指高手是你什么人？"我眼神犀利。

他愣了一下，看向我的眼神也略有不同。

"是家父。"

"家父可好？"

"好。"他又抽了根烟，"只不过食指粉碎性骨折，其他都好。"

"既然是故交，在下可否拜托一事？"

"前辈您说。"

"您能不能。"我顿了一下，看着他复活时间即将归零，他的双手又重新放回到键盘之上。

"换一家网吧。"

03

他的眉毛一皱，烟灰一掉。

"前辈，这三好街十三家网吧，没有一家敢对我这么说话。"

"我懂。但我敢。"

"你敢？"他嘴角上咧，冷笑一声，"在下三好街键盘破坏者大龙，还未请教？"

"网管，葛三。"

"葛三爷，受教了，不知您有何本事？"

我默然不语，只是静静转身离去，我躺在沙发上，将没有抽完的烟继续抽了起来。我知道不出三秒，大龙一定会来找我。

三秒后，大龙果然怒气腾腾地从座上离开，来到了我的面前。

年轻人闯荡江湖，总是莽撞，他不明白，在这个网吧，我才是老大。

在我离去的几秒过后，他的耳机里响起了清脆的普通话女声。

"您好，您的网费余额不足，请您续交网费。"

他来了。

他用双指点着我柜台的大理石桌面。

"你给我下机了。"

"是。"

"凭什么？"

"凭我的本事。"

他双眼一瞪，想再发出些脾气来。

但我慢悠悠地来了句："不爽么？不爽可以走。"

大龙听完这话，怒极反笑。他从他的钱包里，将一捆花花绿绿的票子扔在我眼前，喘着粗气道："这是我的全部家当，都给我充网费。"

我看着那一坨有零有整的钞票，足有八十三块二毛。

"二毛你拿走，多余了，可以去买两块可乐糖。"

他拿走了两毛硬币,用那双桀骜不驯的眼睛看着我。

我摇摇头,道:"年轻人,世间网吧千千万,为何非要在我这间网吧吊死?"

"乐意。"

"不如咱们打个赌如何?"我情知如若不让这个少年心服口服,此间之事再难善了。

"咱们去打一局游戏,输的就离开这间网吧,如何?"

04

他突然笑了。

他笑得那样张狂,双掌拍在我的大理石柜台板上,拍得通红。

我想他一定很疼。

"你知不知道我有多强?"他停下了,用手抹去笑出来的眼泪,"郊区白金五,你知不知道是什么意思。"

白金五,他果然很强。

我淡定地看着他:"我能赢你。"

"来,上机。"

05

我们玩的这款游戏,叫作英雄联盟。

简单来说,就是两方人马进行推塔,谁先推掉对方的塔即算胜利。

我随便选了一个人物,游戏开始后,威风凛凛地站在防御塔下,等待着大龙的人马对我发起冲击。

大龙说:"你输定了。"

"不见得。"

"你知不知道我是什么操作。"他冷笑一声,"我一秒能敲击十次键盘。"

我点了烟:"别废话,来吧。"

他动了。

他的确很快。

他坐在我对面,活像身上安装了一个电动弹簧。整个人由于手指速度全身上下微微颤抖,不一会,他的头上便因为过度摩擦而飘起一道青烟,这是他想赢的标志,但是远看会以为他着火了。

我没有那般着急。

我单手放在键盘上,另外一只手翻着我的老坛酸菜牛肉面,那股浓硫酸一样的味道刺激着我的胃,让我的胃"咕噜咕噜"地叫个不停。

我蜷缩在防御塔的保护下,我知道,只要我走出防御塔一步,必死无疑。

正当我优哉游哉的时候,大龙依旧在空气里摩擦生热,他用他的快速操作,快速地发育,不一会儿就从装备上领先了我很多,如果我不是站在防御塔下,可能已经被他杀了。

"你现在投降还来得及。"

"请继续。"我的面吃了一半了。

他笑了:"前辈,天堂有路你不走,地狱无门你闯进来,你怪不得我。"

我看着他的手指,看着他的满头大汗,看着他期盼胜利的目光。有的时候,人总不能太想得到什么,越想得到,失去得就越快。有人说这是命,但其实,都是自己作的。

就比如,他现在正敲击着键盘对我发起最后一轮总攻。

06

但是他动不了了。

"什么情况?这……这怎么可能!"

我放下面,放下烟,操纵着我的小人,一下一下地击打在他的身上。

在我的对面,他已经陷入了一种狂躁的情绪中。

他疯狂地摔打着键盘和鼠标:"为什么?为什么不能动?!"

"因为你刚才的操作速率已经超过了键盘的负荷。"我看着他的血条不断减少,"你和你父亲一样,欲速则不达,也必将落得和你父亲一样的结局。"

"不!!!"他眼看着自己的人物慢慢倒下,胸腔中翻滚着一股巨力。

我知道他走火入魔了。

大龙一口鲜血吐在了电脑屏幕上,那一瞬间,大龙的英雄在我的防御塔边缓缓倒下。

"不……我还没有输。"

他尝试着站起来,但严重的内伤已经让他身不由己。

在网吧门口,救护车的鸣笛声已经响起,医务人员冲进网吧,将他拖拽到担架上。

"不,我马上就要赢了,马上就要赢了!"

我看着他边吐血边被拖到救护车上。

"可怜人。"

我叹道。

我走到他的座位上，用手摸着已经被敲坏的键盘，严格意义上说，他并没有对不起自己键盘破坏者的称号。我终于还是损失了我的键盘。

　　这场赌约，没有赢家。

　　我走回我的网吧柜台前，软躺在破旧的沙发上，慢吞吞地吃了一口老坛酸菜牛肉面，又将面吐了出来，原来面已经凉了。

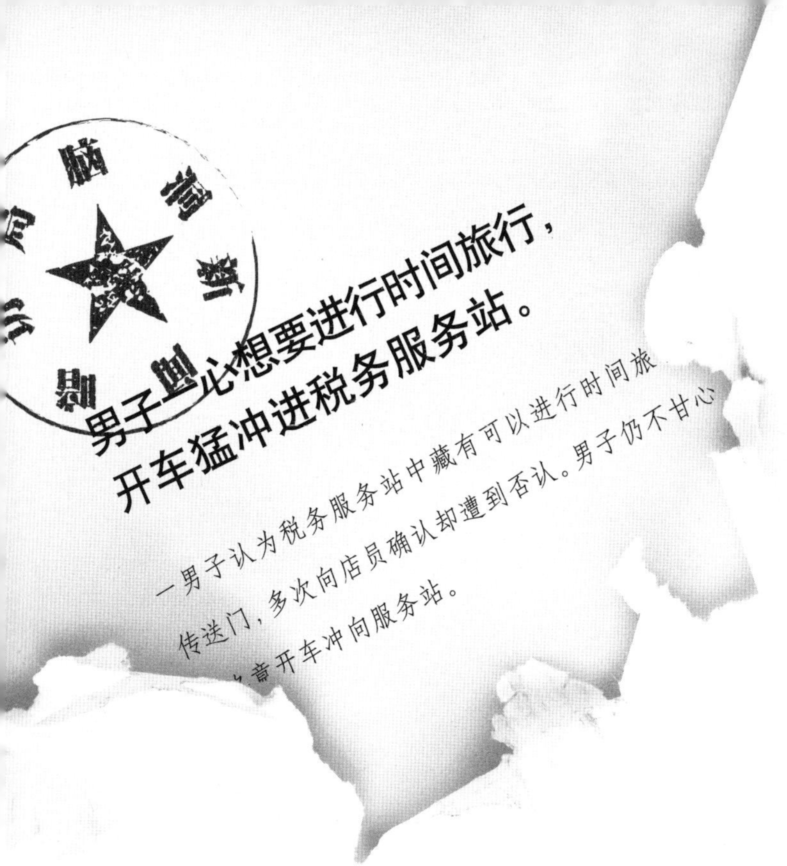
男子一心想要进行时间旅行，
开车猛冲进税务服务站。
一男子认为税务服务站中藏有可以进行时间旅
传送门，多次向店员确认却遭到否认。男子仍不甘心
竟开车冲向服务站。

一握灰

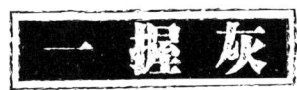

擅长用小人物甚至是非人视角还原现实，被暗访局长誉为“纪实之眼”。

——2XXX 年 3 月 17 日　《新闻暗访局 · 前线调查》报道

墨西哥玉米卷不加莴苣

一握灰

暗访局外派成员

01

我留意那个男人很久了。

最近一个月,他经常在这片街区闲逛,没有伴儿,总是独自开着一辆白色道奇突然出现。这里是北戴维斯洲际公路和费尔菲尔德大道的交会处,形形色色的人往来频繁,按理说,我原本是不会注意到他的。毕竟,他看起来就是个普通中年男人,衣着简单,身材尚可,褐色卷发聚在头顶守护着岌岌可危的阵地。正是那种你在街上不小心与之相撞,行过下一个路口就想不起样貌的路人甲。

可是在他第一次推开快餐店大门,对我开口的那刻,以上论述统统推翻。

那天是周末,大概10点半的时候,佩吉刚刚和我换了班,我正在清点剩下的烤猪皮,察觉到有人站在我面前,便询问他需要什么。

男人没有回话。刚开始我以为他只是在犹豫到底要吃哪些食物,然而他沉默的时间太长了,以致于我不得不停下手上的工作,抬头看向这位有些反常的顾客。

"12点之前玉米脆卷搭配沙拉只要6.5美元,今天还有限量供应的蘑菇莎莎酱……"

"不。"站在收银台对面的男人打断了我张口就来的介绍。我注意到他没有看向菜单显示屏,也没有表现出一丝对食物感兴趣的样子,只是直勾勾地盯着我。

一个从头到尾都举止古怪的男人,进入餐馆却不点餐,反而在收银台前逗留……种种迹象让我产生了最直接也是最悲观的联想。

我碰上劫犯了。

就在我打定主意准备乖乖交钱以求保命的时候,他忽然露出了示好的笑容。

我纳闷地愣住,看着他的表情从友善再度趋于严肃。这让我想起了小时候在童子军露营时里遇到的长官,每当他要发表训诫讲话时,总会先用笑容安抚一下孩子们的紧张情绪。

"呃……"我试图打破眼下诡异胶着的状态,"先生您想吃点什么?"

"好吧,是得早些回去了。"他嘀咕着我听不明白的话,"等你做完收尾工作,我们总部见。"

难道不是劫犯……是个糊涂虫?我无法回应他的自言自语,只能耐心地保持微笑:"请点餐,先生。"

他对着我叹了口气,像是碰见了冥顽不灵的下属:"好吧好吧,来一份墨西哥玉米卷不加莴苣。"

在快餐店工作的经历让我见识过很多拥有特殊偏好的顾客,但是,卷饼不要莴苣?这样的要求还真是闻所未闻。

我又确认了一遍:"不要莴苣?"

他拍了拍收银台,撇撇嘴:"你今天到底怎么了?动作麻利点。"

他的无端指责令我有些恼火，然而我不想得罪任何一位消费者："好的，请问卷饼想要哪种？肉类呢？"

这真是再正常不过的例行询问，但是他听见后明显更加不快了："嘿，我没时间陪你玩游戏，听着，我得回去了，这票干得不错。祝你好运。"

然后，他就在我目瞪口呆的注视下转身离开了。我转身和在后厨里忙碌的丹尼尔对视一眼，都从对方脸上看出了相似的疑惑。

好吧，一个怪胎，也许是无家可归的流浪汉，想要些花招却又临阵怯场了？

我耸耸肩继续工作，却突然听见大门被猛地推开，金属轴发出了刺耳的噪音。

02

还是那个男人，他快步走到我面前，双手撑在收银台上，探着身体低吼："你在搞什么鬼？"

"什么？"我不明所以。

"打开传送门。"他的语气像是下达命令的军官。

"听着，你完全把我搞糊涂了。"我往后退了一步，和面前的疯子拉开距离。

他皱起眉，看我的眼神像是在评估一件危险品，这已经算得上是冒犯了。不等我抗议，他半侧过身，抬手指向店外："打开传送门。"他再次要求。

我顺势望去，透过玻璃窗看见了街对面的一家便利税务服务站："今天是周末，那儿下午才开门。"税务站的经理莫雷斯先生是我们店里的常客，我对他的日程安排略有了解。

"不管你在玩什么把戏,现在立刻停止,"男人的脸上浮现出压制的恼怒,他低声威胁道,"否则你将为自己的鲁莽付出代价。"

"先生,"我深吸一口气,挑选出最简洁明了的措辞,"如果你要吃东西,请点餐;如果你要办理纳税业务,请在下午到路对面的服务站。"

"见鬼!"男人暴躁地捶了一下桌面,似乎下一秒就会扑过来拎住我的衣领,"我需要回去复命,而你在妨碍我!"

"你疯了吗?!我不懂你在说什么!"我也提高了音量,"如果你继续这样无礼,我会打911叫警察。"

丹尼尔也从后厨走了出来,站在旁边声援。

男人毫不在乎,反而从头到脚认真地打量起我来,他微眯着眼,全神贯注又若有所思,就像电视剧里研究微表情的心理专家。忽然,他惊讶地张开了嘴,彷佛从我脸上看到了什么可怕的预兆。

"你知道SMU吗?"他谨慎地发问。

这是什么,菜肴吗?我回忆了一遍自己知道的所有墨西哥菜:"不,我不知道。"

他的眼皮狠狠跳了一下,两颊涌起激动的潮红:"那第47号门呢?"

"从没听说过。"我如实回答。

"空间跳跃隧口?代号是'礼帽'的任务?科塔顿总部?"他抛出了一连串问题。

而我能给予的回应就是满脸的茫然。

"先生,这里是佛罗里达的彭萨科拉,我从小在这里长大,从未听说过你讲的那些地方。"我看向丹尼尔:"你呢?"

"不,我也没有。"

听见我们的否定回答,男人像是被揍了一拳,扭曲着五官一言不发,并在原地焦躁不安地打转,如同一只误入都市的野生动物。

"哪里出错了，肯定是哪里出错了……"他喃喃自语，欲言又止地瞧了我一眼，再次突兀地转身离开。

我能做的仅仅是目送他走出餐馆，穿过街道，站在便利税务服务站门前。几分钟后他就回到了马路边，肩膀紧绷着，双手握拳，似乎如临大敌。他又朝餐馆望了一眼，我们的视线隔着玻璃窗交汇，像是某出滑稽莫名的默剧。很快，他钻进车里，扬长而去。

两天后我就忘了这件没头没尾的事。

03

一周后，他又来到了餐厅。这次不等我发问，就急匆匆地率先开口："给我一份玉米卷不加莴苣。"

好吧，看来这位玉米卷先生对莴苣深恶痛绝。

"配料呢？牛排还是鸡肉？"我问。

"不……"他失望地呻吟，又不死心地重复，"墨西哥玉米卷不加莴苣。"

听到这种牛头不对马嘴的回应，我已经丝毫不觉得意外了："是的是的，我听清楚了。要来点牛肉酱吗？和芝士是绝配……"

他摆摆手，垂下肩膀，立在原地发呆。

我停下敲打餐单的动作，无声地谴责他这一恶作剧般的行为。

"我再去试试，你就……"他没什么自信地说，"就打开传送门，好吗？"

和上周一样，他走出餐馆，穿过街道，停在便利税务服务站门前。我不知道他说的传送门是什么，为什么需要我来打开，如果可以，我相当乐意提供帮助，前提是他不再跟我打哑谜。

还和上周一样，他很快就无功而返，离开前朝我苦笑了一下。

我隐约有种预感，这桩古怪的遭遇不会就此结束。

果不其然，第三个周末的早上10点半，他再次准时出现了。

"一份墨西哥玉米卷不加莴笋？"我轻快地问。整周来我都在期待这一刻，好验证自己的猜测是否正确。如今得到了肯定的答案，我对怪先生的好感也神奇地增加了不少。

但他看起来有些糟，面容疲惫，眼白上布满血丝，似乎极度缺乏睡眠："对，"他用手背揉蹭着脑门，清醒了点，"一份墨西哥玉米卷不加莴笋。"

我没有像前两次那样傻乎乎地接话，因为知道接下来的故事走向，他并不是来吃东西的。

"需要打开传送门吗？"我按照他的剧本说道。

他的反应之激烈实在出乎意料。

"是的！"男人双掌拍在收银台上，眼睛大睁，表情活像中了威力球几亿美元的巨奖，"是你，是你了！你终于回来了！"

我被他突如其来的热情搞得不知所措，尴尬地摸了摸鼻子："我想你误会了什么……那只是个玩笑。"

"不，"他固执地不听解释，坚持道，"好吧你赢了。你是和谁打赌了吗，还是你们集体策划的恶作剧？不管怎样你都赢了，现在，放我回去！"

他的情绪开始失控，最后甚至咆哮起来。我感到很抱歉，刚刚的调皮话完全是个彻头彻尾的错误，我知道那该死的传送门对他有多重要，可还是以此取乐。

"先生，很抱歉，真的。"我望着他，真诚地说，"我不知道你为什么总是来点墨西哥玉米卷，也不知道传送门是什么，但是如果你需要帮助，我能——"

"不，"他打断了我，失望之情溢于言表，"你什么也做不了，这个你什么也做不了。"

他弯下腰,双肘撑在桌面上,把头埋进臂弯里,粗重地喘着气,像一头筋疲力尽的公牛。

"我还会再来一次。"他闷声闷气地说,"最后一次。"

04

就是今日。

整个早上我都心不在焉,我问过其他员工,他们从没见过有人来点不加莴笋的玉米卷,也许他是冲着我来的。不管怎样,今天都要问个清楚。

10点半,他如约而至。

我们两个就像电影里接头的特工,一言不发地望着对方,谁也不肯先表态,各自在心里做着计划。

"可以谈谈吗?"

"一份墨西哥玉米卷不加莴笋。"

我们几乎同时开口。

他缓缓吐出一口气,慢吞吞地从口袋里掏出皮夹,脸上挤出勉强的笑容:"能邀请你一起用餐吗?我们可以边吃边聊。"

"让我请客吧。"我转身麻利地为他准备餐品,并拜托佩吉帮我代一会儿班。进展比我想象中要顺利得多,男人没有发脾气,也没有转身离开,他应该也有话要说。

我端着不加莴笋的玉米脆卷和沙拉走到靠窗的位置,坐在他对面。男人收回了盯着窗外的目光,我知道他在看那家税务服务站。

他拿起玉米卷咬了口,嚼了几下,嫌弃地说:"没了莴苣,尝起来就像干泥巴。"

"什么？"我觉得有点被冒犯了，"是你一直都在强调不要莴苣。"

"哈，"他怪笑一声，耷拉着眼皮说，"那是一句口令。"

我皱起眉，等待他给出更多的解释。

他拨弄着叉子来回搅拌可怜的蔬菜，像是不知要如何开口。"你相信时空旅行吗？"最终，他放弃似的抬起头，问道。

这个话题一点也不新鲜，各种影视作品里常见，我点点头："相信，但那是未来没影儿的事情。几百年之后吧，谁知道呢？"

他丢开叉子，十指交扣放在桌上，郑重其事地说："我来自未来。"

老实讲，如果四个星期前有人跟我这样讲，我肯定不当回事。但是，如果是眼前这个男人……我还是没办法相信。老实说，他是看了太多《回到未来》吗？

或许是瞧出了我的怀疑，他不以为意地笑笑："你可以当作只是听了个故事。"

我不想伤害到任何人，哪怕是个幻想狂疯子："不，我很乐意听听你的经历。"

"那你大概会失望了，它并不精彩。"男人看了眼腕表，"我不能跟你讲得太具体，有些涉及机密的，没有上级批准我会把它们带进坟墓里。但我可以告诉你，我确实来自未来，回到2015年是为了找到我的曾祖母。"

"哇哦，"我有点被这个开头吸引住了，"听起来挺酷的。"

"是吗，还有更酷的。"他竖起大拇指指了指窗外，"我是从那个便利站回来的，那扇门连接着空间跳跃隧口，只有看门人能开启。我供职的特殊使命小组，就是之前提到的SMU，为了将我送回来特意设置了这道传送门。"

我隐约有点头绪了："但是，现在你回不去了？"

"没错。"他笑得有些苦涩，"按照原定计划，我回到这里，找到年轻的曾祖母,阻止她被绑架——这些都很容易,我摆平了一切——然后,我在周末上午 10 点半到墨西哥烧烤餐厅向看门人说出口令,他为我打开传送门,我就能回去复命了。"

"等等,"我举起手,"你说的看门人……"我咽下口唾沫,"该不会就是我吧?"

"哦,恭喜,完全正确。"

我发誓他在欣赏我蠢透了的惊讶表情。

"我是看门人?你肯定搞错了,我从小到大都只是个普普通通的平民。"

"当然,现在的你确实是。"

"什么意思?"我有点被搞糊涂了。

"我一开始也不明白,你是看门人,怎么会对口令无动于衷,甚至表现得毫不知情。我监视了你几周,结果证实你没撒谎。"

"你监视我?!"我惊叫出声,引起了周围人的侧目,又不得不压低音量,"你怎么能!"

"我别无选择。"他耸了耸肩,毫无悔意,"我要排除你背叛总部或者被人控制的可能性。"

"这太荒谬了,"我恶狠狠地瞪着他,"你疯了。"

"我情愿如此。"他抓了抓头发,沮丧地说,"但现实就是,身为看门人的你不见了。"

"好吧,"我无奈地妥协,"就算你说的都是真的,那个我怎么会消失呢?"

05

他说他改变了历史。

"因为我改变了历史。"他自嘲地笑了,"我阻止了曾祖母被绑架,于是她没有爱上前来解救她的警员,没有生下我的祖父。我的祖父也没有创立让他引以为傲的黑客公司,没有研制出感染全球的电子病毒……于是一切都变了,没有危机,没有威胁,也不会有随之产生的应对机构,没有科塔顿总部,没有SMU,没有穿梭隧口……你也不会被招募为看门人。"

我们之间陷入了令人窒息的沉默,我发现自己竟然在认真梳理他所讲述的事情,而没有去质疑真假。

"既然看门人没了,"有什么在脑海里飞快闪过,令我毛骨悚然,"那你呢?你的祖父都不在了,你的父亲肯定也不会出生,那么你……"

"也不应该存在。"他扭头看着窗外,"时空就像流动的液体,会自动填补空缺,平整凹凸,我正是要被修正的错误。"

"你的意思是……"我抓紧了桌沿,"你会死?"

"差不多吧。"他收回视线看向我,"放松点,没多可怕,你知道,就是消失了。"他甚至还噘起嘴模拟了"扑哧"的音效。

"就像小美人鱼一样,变成泡沫消失了?"我承认自己有点口不择言,但是,上帝做证,换作是谁听了上述对话都无法冷静。

他耸着肩膀沉沉地笑出了声:"我女儿会喜欢这个说法的。"

"你有女儿?"我感到更难过了,胃部沉甸甸的。

"当然,我结婚了,有个六岁的女儿。"他的眼神柔和了下来,"她叫阿什利,喜欢童话故事。"

我没有说话,有些真相太过残酷所以无须挑明,未来的一切都被改写了,他的家人也将不复存在。

"想看看她的照片吗?"男人从兜里掏出钱夹,取出一张相片。

"天啊!"我不禁惊呼出声,那张相片就像《哈利·波特》中的画像一样是活动的。

"她很可爱。"我由衷地称赞。画面上的小女孩正蹲在地上逗弄一只白色的拉布拉多幼犬,不时仰首对着镜头大笑。我忽然就明白了他为什么要给我看这张照片,他想让女儿被人记住,哪怕她从物理意义上消失了,但仍存留在他人的记忆中。

"收下它。"男人将照片递给了我。

我犹豫片刻,接了过来。两手交错的瞬间,我清楚地看见自己的手指穿过了他的手背。

我僵在原地,真真切切地感受到这一切是如此荒谬可怖。

"没多少时间了,"男人捡起凉透了的玉米卷,几口吃完,"但我还是想试一试,干我们这行的总是险中求胜。"他起身准备离开。

"等等,"我站起来叫住他,"在你回来前,难道没人预计到有可能出现这种状况吗?"

他似乎对此早有定论,或者已经度过了愤怒质疑期,剩下的只有冷静:"如果不是无计可施,我们不会选择回到过去。"

我默默注视着他走出餐厅,也许一开始他们便知道会是这样的结果,不过彼此都心照不宣闭口不谈,总有人要回来做出牺牲,而代价就是他们那个世界所有人的命运。

我颓然坐下,看着桌上的照片出神。

忽然,照片变得模糊起来,如同电视屏幕上出现的雪花点。我拿起它惊慌地望向窗外,只见一辆白色道奇穿过马路,飞快地冲向便利税务服务站。

一男子靠着自己的聪明才智，帮助村民成功脱困

一男子发现同村村民遇到了危险，便运用自己的知识，成功解救出村民。

喜欢在暗访时夹带刀片，如果发现不配合情况，经常使用暴力手段获取暗访结果。局里多次通报批评。

——2XXX 年 3 月 25 日 《新闻暗访局·城市纪录》报道

文荒童话

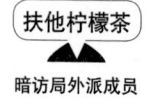

暗访局外派成员

01

从小,我爸就和我说,人要有自己的特色。

我出身在一个小村子,大家平时除了种地、打工,再就是时不时听见哪家的男人去偷电缆或者井盖。

小孩子们在一块儿玩,我就很抬不起头。其他人嘲笑我是个娘娘腔,老子儿子都没胆子。

我爸在变成疯子之前是村里的读书人。他那个年代,一个人若能从村里考出去成为大学生是祖坟喷火。风光的那几年,人人都喊他一声"石老师"。

后来家里的男丁少了,爷爷和几个叔叔都因为各种原因去世之后,再遇上有人抢地抢井的事儿,爸爸都去讲道理。再后来他发现和这些人讲道理没用,便再无主意。妈妈嫌他没用,不知和谁跑了。

不久之后,爸爸疯了,每天疯疯癫癫地在家里的墙上写公式,成了村里人的笑柄。清醒时,他就愤愤地拉着我说:"石头,你要记住,要有自己的特色,不能和他们一样!"

在父亲的教育下,我下定决心,绝不能和村里那些偷电缆偷井盖的人一样。

02

朱老师是在我小学五年级那年来这里支教的。

"你和这儿的人不太像,小石。"

有天放学,我正背着书包往外走,老师叫住了我,跟我说了这句话。

"好好读书,你会有出息的。"他说。

我的成绩很好,尤其是数理。毕竟从小对父亲的行为耳濡目染,背公式对我来说和吃饭喝水一样简单。朱老师则教我怎么消化那些公式:"物理物理,就是物的原理……"

就像一加一等于二,但是为什么等于二?为什么人类用"1"作为计数基础?

朱老师就这样,放学后解答我所有的问题。

当然,不是每个孩子都像我一样喜欢老师,比如其他男孩,就会趁着老师不注意跑过他的身边,尖声嘲笑道:"娘娘腔!"

朱老师白净、年轻、戴眼镜,笑起来文绉绉的,像爸爸还没疯的时候的样子。

后来,村里出了件大事。

我们这个村叫于家村,顾名思义,最早是于氏家族聚居的地方。于家祠堂仍是保留下来的古建筑,逢年过节或有大事,村里都会在这地方摆桌吃饭。

有一天，祠堂上面的那块匾，不见了。

就是块破木头，烂得连字都看不清了，要是值钱，早就被人偷了卖了。但谁都不知道这块大匾是怎么不见的。是爬上去卸的？还是拿东西砸下来的？难道这块匾后面藏着金子，得动用一个工程队来拆？

村里众说纷纭，有说是祖宗显灵的，也有说是这块匾其实是已经绝种的什么植物做的，用它煲水，男的壮阳女的滋阴，没病的喝了长生不老。

哦，还有人怀疑是我爸这个疯子偷的。

但我万万没有想到，自己会成为第一个发现它下落的人。

03

那是朱老师来这的第三个月，我们已经很熟络了。如果家里晚饭的菜不错，我都会打一点装在饭盒里，送去教职工宿舍。

那天夜里，我走到宿舍外，见朱老师房间的灯还亮着，便望了过去。结果，就看见老师坐在行军床上，轻轻抚摸着一块破旧的木牌。

大概是察觉到我的目光，他抬起头，跟我的目光短暂交会。

气氛有些尴尬。

朱老师承认牌匾是他偷的。

"之所以偷它，是因为写这块匾的人。"

"很有名？"

老师摇摇头："他本身没有名，但是他有个孙子，这个孙子的结拜兄弟的乳母的次子成为了宋朝赫赫有名的大才子……"

"不是,那老师是怎么把它偷下来的?"

我不是很关心那位已经死得骨头都能打鼓的大才子。我比较关心一块长约一米三宽约七十厘米的木匾,手无缚鸡之力的朱老师是怎么无声无息地拿到手的?

要知道这里是农村,晚上如果有动静,全村的狗都会叫起来。

老师的笑容依然温和,"中国古建筑的理念有一点很特别,叫作'物动人不动'。"

"就是以地面作为参照……"

"对,工匠在进行高空作业时会尽可能利用悬吊方式只将建筑部分转移上去。"朱老师越说越兴奋,掏出了一个笔记本给我看,里面全都是他的测绘和计算,包括宗庙的内部结构和地形图,"小石,你看,这座祠堂,高约三米二,牌匾则位于二米九的位置。牌匾的建造叫作'挂',也就是说,它当时是被挂上去的,利用榫卯结构卡住,然后看情况再进行胶或者钉的加固。隔了那么多年,胶和钉子应该都已经失效了,只要再使用同角度的滑轨进行'摘',我就可以不费吹灰之力地将它摘下来!"

榫卯是建筑结构的基础之一,朱老师经常提到。

"那万一有插栓呢?"我问。如果说榫卯是发冠,插栓就如同发簪,将发冠紧紧固定在发髻上,令部件无法被人单独从一个方向卸下来。

"我事先肉眼确认过,没有插栓。"

朱老师利用祠堂旁的一棵老凤凰树,在树冠最高处,也就是七米处设了滑轨。

"可是这个滑轨又是怎么送上去的?那可是七米……"

老师指指窗外。夜色下,远山的影子柔和起伏。

"在南边的山坡上,起北风的时候,放出风筝,风筝往下方滑翔,最后挂在树上,再用风筝上面事先装好的铁钩勾住牌匾,滑轨和滑索就全都解决了。风筝线用的是特制的高强度鱼线,再进行加粗,对于只需要向下方滑翔的风筝来说重量可以忽略不计。"

就这样,朱老师将牌匾卸了下来。

04

虽然朱老师是一名教师,但是他出身于一个神偷世家。

和那种喜欢搞个大新闻偷宝石偷古董的惊天大盗不同,朱老师的家族,自诩"人文大盗",简称文盗。

他们盗宝不问价值只问人心,这块破匾哪怕带去电视上鉴定,估计价格都不如一块搓衣板。但因为那个大才子是老师的本命,所以他绞尽心思申请来这穷山沟里教书,伺机完成心愿。

我顿时意识到,如果我想一洗娘娘腔的骂名,就一定要抱紧朱老师的大腿。

当听了我的想法后,老师明显反对:"小石,你这只是为了震慑别人。我们文盗是不能这样的。"

可我不想忍,我爸都忍疯了,我要是再忍下去,以后说不定也会变成个小疯子。

我先进行基础的设备收集,朱老师提供了很好的思路——物动人不动。为了偷那块匾,老师甚至详细调查过这里的地下水源,通过堵塞一侧水路,加大另一侧地下水的水压,压迫那棵凤凰树的树根,使古树向南倾斜的角度增加了三十度,这样更加适合风筝下落。

调整滑索和滑轨的承重能力,甚至利用自然的力量,我说不定可以让一个庞然巨物不翼而飞!

于是,我在村外的河道开始了练习,石头是一个很好的测试品,沉重、不规则,关键是便宜,砸坏了也不用赔。

但就在我练习将石块用滑索运到河对岸时,出了点事。

村里几个大孩子一直嘲笑我和我爸娘娘腔,带头的那人叫黄哥。他天生一头黄毛,面容凶狠。到了冬天,他就带着他的跟班们跳进冰水里,觉得这样才有爷们气概。

大多数人都不敢跳,只有黄哥衣服一脱,只穿着内裤跳下去。我不管他们,继续练习运石头过河。

结果,旁边突然传来一声惨叫。

"老子脚抽筋了!"黄哥在河中央扑腾,面色铁青,"救命——"

这条河很宽,冬天的时候水流仍不算平和。

不知怎么的,我心里没什么窃喜,平时被欺负的时候想过千百种让他们倒霉的情形,可真的见到黄哥在水里挣扎的样子,只觉得手脚发凉,脑子里一片空白……

等我反应过来时,自己已经跑到黄哥溺水处的河岸边,将滑索也拉了过去,向河中央滑去。黄哥眼疾手快,一把将滑索上的铁钩抓住,被带向岸边。

死里逃生后,黄哥揽着我的肩,一边冻得发抖一边说:"小石……不,石哥,从今天起,你就是我亲哥,亲哥哥!"

我怎么也没料到,黄哥会是我第一个"偷"的东西。

自从救了黄哥,我在孩子们里的地位直线上升,他们总是拉着我到处撒野。

"你那招太厉害了!"他指的是搭建滑索这事儿,"跟谁学的?"

我答应过朱老师不能暴露他的身份,于是说:"我爸。"

很快,整个村都知道了,石家那个疯子的儿子特别厉害,能用一根绳子把东西运来运去。黄哥的老爸是镇上玻璃厂的老板,为了感谢我救了他儿子,竟然送了我一个手机。

那时候都是黑白屏的九宫格手机,朱老师给我买了张话费卡,教我怎么给他打电话。

有天回家,我发现我爸又被人欺负了。

有两个小流氓说我爸在路上写公式,弄脏了他们的鞋子,揍了他一顿。老爸疯疯癫癫地捂着头哭,像个小孩。

我把这事告诉了黄哥。

"岂有此理!"他怒发冲冠,"你是我亲哥哥,欺负你就是欺负我,欺负你爸就是欺负……还是欺负你爸,但是性质极其恶劣!"

于是,我们的复仇计划开始了。

05

那几个小流氓也只是欺软怕硬,看见老弱病残才敢动手。尽管黄哥说是不是找他老爹的兄弟教训他们一顿,可我还是决定,要用知识教训他们一顿。

只不过这次,朱老师同意教我了。

"那这就不是威慑别人吗?"我问。

老师摇头,用衣角擦着眼镜:"这次,你是为了保护自己最重要的人。所以,以牙还牙,偷走他们最重要的东西吧。"

我暗中观察这群人几天了。

他们对着墙根撒尿，烫头，扭屁股跳舞，窝在小卖部门口抽烟，欺负村里的老弱病残……

我也不知道这群人有什么值得珍惜的东西。

就在我还在纠结的时候，黄哥找了帮人替我爸出了头。那天下了课，他拉着我往东头走，一群玻璃厂的彪形大汉，正将几个小流氓摁在那儿教训。

"敢动我们黄少爷保的人？这次就让你们长记性！"

"饶命！我们错了，真的错了！"

吵闹的叫骂和求饶声里，有个汉子骂："你爸妈没教过你规矩？"

突然，有个一直抱头躲藏的青年猛地扬起头："老子就是没娘没爹，怎么了？！"

他这样一硬，其他小混混也跟着强硬起来，居然还把黄毛那边的人给推倒了，然后一溜烟地跑了，临走还要放狠话："等我们哥几个变成舞王，到时候你们抱大腿都抱不上！"

几年前，村旁的伐木场出过事故，因为野火死过不少人。

我爸清醒时还和我说这件事。

"多可怜啊，那些孩子，"他拿布捂着伤口，苦笑着炒青菜，"那么小，没了爸爸妈妈。你至少还有爸爸。"

"哪里可怜了，那么可恨。"

"因为没人好好照顾他们，好好教他们呀。"他说，"就和学习一样，你遇到朱老师这样肯耐心教你的好老师，才会学到更多知识……说不定给他们一个舞台，这些孩子的人生就会完全不一样。"

夜里，我又带着青菜猪肉去找朱老师。路过小卖部时，看到那几个混混在路灯下跳舞，扭腰扭屁股，好像群魔乱舞。

"很有意思啊。"

朱老师不知何时来到我的身后,看着他们跳舞。

"傻呵呵的,但是他们自己跳得很开心。"

我把饭盒塞到老师怀里,气呼呼地想走。朱老师抱着它,声音里含着笑。

"小石,这个世上,能令自己开心的事很少的。"

一起给他们偷一个舞台吧,小石。

第二天,在村口出现了一个奇迹。

许多块大大小小的石子垒成了一个高台,就像那块一夜凭空消失的匾一样一夜之间凭空出现。

人们很好奇地围了过去,那几个青年也看见了,试着跳上这个石台。

仿佛有一种默契,第一个人大笑着跳了起来。紧接着,他的朋友们也开始跳那种他们自己的舞,根本不管底下传来的笑声。

渐渐地,笑声少了。在最原始的肢体表现力下,众人似乎都感受到了他们的力量。

"啊——"

跳着舞,他们发出了嘶哑难听的吼声,在这个高于地面的舞台上,第一次出现的吼声。

像是把长久以来压抑着的东西,尽数释放了出来。

据说后来有个叫"洗涤灵魂"的节目编组,到我们这里来倾听内心最初的声音。

听没听到我不知道,但大家都知道他们刚到村口就听见了石台上的咆哮声,对那种如入无我之境的狂舞舞者惊为天人。没过几天,节目组的人和那几个小年轻谈了谈,带他们去城里了。

又过了几年，我因为读书，搬去了朱老师城里的家，有天晚上看综艺节目，有个爆红的组合，叫"清爽男孩"，一个个素面朝天，剃着干净的板寸，穿着白衬衫和黑裤子，仿佛春风，吹散了洗剪吹的化工味。

我莫名觉得这三个人很眼熟。

06

朱老师失恋是在他来支教的第二年。

那一年，他替我申请跳级，我以理科三门满分的成绩从五年级跳级进了初二。夜里，老师来我家一起吃饭庆祝，吃到一半，收到了一条短信。

看到短信的时候，他先是呆住，然后颤颤巍巍拨了个号码，那边没人接。老师举着电话等了很久很久，最后放下手机，红着眼眶走出了门。

那段时间，朱老师时不时就在夜里带上农家自酿的米酒，去对面高高的山坡上望月独饮。

我爸仍疯疯癫癫的，要去找我妈，去北上广的纺织厂找，去隔壁村王师傅的理发店找。他病得越来越重，村里人也越发厌弃这个疯子。

"我要当文盗。"我去山坡上找到了借酒消愁的朱老师，"把妈妈偷回来。"

朱老师赤红着眼睛，苦涩地望着我："小石，感情这种东西，偷不回来的。"

"我能偷回来。"我说，"你常说的，青出于蓝而胜于蓝。你看着吧。"

朱老师怔了怔，揉揉我的头："傻孩子……"

不知不觉，冬天来了。说我傻的大人，依旧每晚抱着羽绒服，在落雪的山林里买醉。我发誓以后绝对不要变成这样的大人。

除夕夜，村里人在祠堂里摆桌吃饭，大人们都去，孩子大多不喜欢那种场合，吃饱了就跑出去玩了，放鞭炮，炸粪坑。城里孩子估计没见过，把一个甩炮点了往化粪池里一扔，那叫一个霸气侧漏。

黄哥带着孩子们在玩屎，我在研究，是不是能把这个屎坑偷了，挪到背后说爸爸坏话的村长家。不知是谁先注意到村子方向的火光——我们还以为只是鞭炮，可再看一会儿，才发现是村里有屋子着火了。

大家连忙赶回去。着火的是祠堂，古建筑都是木制，早已烧成一团火球，里面传来刺耳的尖叫。

我打电话给朱老师："老师，怎么办？"

火烧成这样，如果一个个救人，肯定死伤惨重。

朱老师听了情况，从山头眺望村子，指挥我去他的宿舍拿装备——非燃材质的绳索。

"事到如今，只能尽可能快点将人救出来了！"他说，"小石，你用我偷牌匾的方法……"

来不及了。

我不觉得此时被失恋冲昏了头的朱老师能想到完美的方法，他连祠堂和凤凰树的距离以及树木倾斜的角度都记错了。

可是，我有办法。

为了偷回妈妈，这几个月，我一直在做准备。

跑出了村子，我站在大路上，这是一条宽约两米的水泥路，是政府在五年前修建的可以通车的路。现在有了其他的路，这条路人烟稀少，很少有人走。

从前这里是一条泥地，两侧是翠竹，抬头就能见到月亮。

我花了几个月来策划偷它，如果没有意外，我本来该在今天得手。

道路两侧的水泥路面都被我打上铆钉连上了绳索，而绳索的另一头，则是……

"哥！"

远处传来了黄哥他们的声音。大人们被困在火房里，他们也没有办法，见我跑向这儿，黄哥直觉我会有办法。

来得正好。

我迅速给他们布置了任务，在听见这个任务后，所有人都惊愕地睁大了眼睛。

"绑……绑在树上？"

"对，一共六百道和铆钉连好的绳索，我们有二十五个人，每个人尽可能将自己分配的绳索系到附近的竹子上，尽量挑最老最粗最结实的竹子！"

孩子们拿着绳索面面相觑。

"没时间了！"黄哥第一时间喊他们，"为了你们爹妈，都给我干活！"

07

很快，道路就像被一张蜘蛛网抬起来一样。它的两侧都打满了铆钉，连着粗粗的绳索，绳索另一头则绑在竹子上。右侧是刚才绑好的，而左侧则是我事先就绑好的。

从这条路，横跨过村子的上方，拉到朱老师每天无病呻吟的那个高坡上。我先在道路和高坡之间建立了一条滑索，然后让朱老师帮忙，利用这条滑索来传送自己，每天晚上都在两点之间拉上几条绳索。

今天刮的是东北风。

道路所处的位置，风向是东偏北。而高坡由于地势原因，风向则是北偏东。

起风了。

起风的刹那，数百竿翠竹伴着涛声向东偏北摇摆；而高山坡那边，数百棵林木则向北偏东摇摆。

仿佛两只手向两侧用力拉扯着这条水泥路，让它变成了一条绳索拉桥，它开始微微颤抖，风越来越大，绳索拉得越来越紧，终于，伴随着巨大的轰鸣，整条水泥路的路面脱离了泥土，飞向半空。

竹子的韧性大，柔软，所以，水泥路被拽起来后，向着村子的方向被牵引而去！

我仔细计算过，翠竹和高坡的林木需要多少，才能让这条路从天而降落在我家门口。此刻只不过修改了地点，让它落在祠堂上方而已。

数秒后，被困在祠堂里的人就会看见，一条路出现在火海里。

它从天上无声无息地飞来，碎石碎沙簌簌如雨。

这是我为他们偷来的一条生路。

当我和黄哥他们冲回村里时，看到祠堂里的人正努力攀上那条离地面悬空约一米五的水泥路，逃离火场。

外面的村民、消防员、警察，都目瞪口呆地看着这条"天路"。攀上天路的人越来越多，我爸在外面围观的人群里，疯疯癫癫地指着它，喊妈妈的名字。

新的东北风起了。

两侧绳索再次将天路牵引升空，继续向着高坡方向移动，直接拉出火场。

祠堂在火灾中付之一炬，所幸没有人员伤亡。朱老师庆幸，自己提前将牌匾偷了。

这种庆幸也让他从失恋的痛苦中走了出来。我是很看不起这种大人的。呵，朝三暮四。

至于我爸，他的病情好了很多。

因为看到那条路，他想起了那些关于妈妈的事。

年轻时，他和妈妈就在那条竹子路上散步。那时还没有水泥路，脚踩在泥土上，松松软软。

他说，等自己大学毕业就回来娶她。她答应了，等了四年，等到自己二十三岁，变成了当时村里的老姑娘。

妈妈从来没有和人跑。每天，她在那个伐木场捡柴，爸爸则去县里的卫生所上班。那天他接到电话，说伐木场失火了。

妈妈没了。

他骗自己说，妈妈还活着，只不过和人跑了，总有一天会回来的。就这样日复一日骗着自己，直到看见那条路。

那条他们曾经走过的路，曾经是泥土，如今是水泥，但无论如何都不曾消失，就好像妈妈，无论如何都不曾抛弃他。

我考上了市重点高中，为了读书方便，和朱老师一起搬了过去。

这件事差点就黄了，毕竟我偷了一条长达八百米的路。救完了人，没人知道该拿这条路怎么办，结果有人提议——卖去石料厂。

后果如你们所想，被一锅端了。我被拉去问了好几天的话，听得最多的就是"你知道这条路多贵吗？""你知道多少山村儿童都盼望有这样的一条路吗？"……

但怎么说都是为了救人，而且也是一条已经半废弃的路……

后来我认错，写了检讨，全校通报。

再后来，我进行运动结构学的研究，进入了援救行业，专门就地取材，进行各类灾祸现场的救援，和朱老师一样，改变了很多人的命运。

那块牌匾被老师悬在卧室床头；从三个杀马特出道的清爽男孩继续走红；康复的爸爸开始重新读书，准备考个大龄硕士……

这个童话，有着一个圆满的结局。

其实，它还有另一种结局。

比如我一开始就没有遇到老师，我的妈妈是真的和人跑了，爸爸疯了，村里人抢光了我们家的地，我没法继续读书。最后，疯疯癫癫的爸爸在除夕夜去村民聚集的祠堂放了一把火，抱着我跳进火海里，我在最后幻想出这个童话……

怎么会呢。呵。

男子一心想要进行时间旅行开车猛冲进税务服务站。

一男子因想进行时间旅行，购买时光旅行公司的时光机后却没能成功穿梭时空，最终开车冲进税务服务站。

暗访局外派成员

暗访结果中常带有胡说八道的故事，但因其一本正经的表达竟长期未被发现。

——2XXX 年 4 月 1 日　《新闻暗访局·前线调查》报道

时间旅行

暗访局外派成员

01

我叫毕小七,英文名叫"比尔·赛文",写作"Bill·Seven",职业是电话推销员。

很显然,我的英文名是瞎起的。

还记得我刚应聘到这家公司的时候,过五关斩六将,凭借着自己优秀的简历和过硬的英语口语能力顺利进入了这家公司。

必须要承认,我来这家公司主要是出于我那旺盛的好奇心。

当时我还是个刚刚走出校园的年轻人,不知道人间险恶,看到这家公司竟然以年薪三十万和持有公司百分之五到百分之十股份的待遇招聘电话推销员时,燃烧起了平生最不该有的探究之情。

一个打电话的,工资这么高?

这公司该不会在招人之后刚好只有十个人吧?

竟然还是股份制公司?

难不成是个洗钱的?

真要是洗钱公司,要雅思托福成绩干什么?

2XXX 年 04 月 01 日

当我真正进入公司开始入职培训，我才发现，这家公司的老板，要么是脑子不好，要么是诈骗的。

他们卖的是"时空穿梭"系列产品。

02

看着公司的介绍——我们是一家拥有三十七年辉煌历史的公司，我不禁陷入了沉思。

三十七年，是什么神秘的力量支持着这家公司生存至今还未倒闭的？

如果说来应聘的时候我凭借的是一腔好奇，后来几年支撑我在这里待下去的原因就是想要收集公司诈骗的证据，然后举报。

受思想品德教育十多年，我就是这样一个一身正气的好公民。

和我每天什么工作都没有却照常拿工资一点关系都没有，真的。

说到为什么我每天都没有工作要做，就要从公司的营销模式说起。我们采取的是线上线下结合的 B2C 模式，以一对一整合营销为主要营销模式。

具体来说就是，我们在厕所隔间门板上写小广告，等着顾客给我们打电话。

在厕所写时空穿梭小广告，我能接到傻子打来的电话才是真的见了鬼了……

这公司大概真的是洗钱的吧。

但是，俗话说得好：常走夜路的人，总会见到鬼。万万没想到，在我入职几年后，竟然真的接到了电话。

"你好，请问是时空穿梭专线吗？"

没想到，我听到的还是带有明显佛罗里达口音的英语。没想到我优秀的英语口语水平就是用在这种地方的，没想到真的会有傻子打电话过来，没想到老板竟然能把厕所小广告贴到美国去。

后来我无意间听到前辈们闲聊才知道，老板在我的岗位之前设置了一个"骚扰电话拦截岗"，简称"骚拦岗"。只有经过骚拦岗验证不是骚扰电话或者闲着无聊打一下的电话，才会接到我这里。

听说骚拦岗那位同事还是挺忙的。

继续说打来电话的这位顾客。

从口音判断顾客是佛罗里达人，男性，智商有待考察，可能有钱，有些话多。

他一开场就和我说："我对你们的时空穿梭十分感兴趣，是我躺进一个机器里你们按一大堆按钮之后我就消失了的那种吗？还是在一个电闪雷鸣的深夜，当我在睡梦中的时候，从天而降一束绿光把我接走？或者是走在路上突然出现一辆计程车载着我驶入银河系……"

为什么我们这种高科技公司不能给我配一个全宇宙语言翻译器呢？省这点小钱有意思吗？听译真的很累。

我打断了这位想象力一般般丰富，但是语速飞快的先生的发言，向他进行例行广告宣读："您好，我们的产品分为'时间旅行''空间瞬移''时空穿梭'三个系列，其中'时空穿梭'系列产品是我们的王牌产品，可以满足您在宇宙和多位面间的任意时间地点的转换要求……"

"时空穿梭这个我喜欢！多少钱？"这位先生的心也很急。

我面带微笑告诉他："时空穿梭系列的基础产品为'时空双线穿梭代步仪'，您是新顾客可以享受七折优惠和包邮待遇，折后价格为 994700 盎司黄金……"

2XXX 年 04 月 01 日

"——嘟嘟嘟",对方挂断了电话。

其实这个价格已经很低了,真的,当初培训的时候,我看到的价目表上写的是"地球上储量排前十位的金矿随便哪个都行"。

我还没有选全球第一金矿的储量说给他听,而且打了七折,并且包邮!真的很优惠!

好吧,据说这个系列的产品在我们地球分部从来就没卖出去过。

就在我以为这位美国的先生再也不会打电话来的时候,他的佛罗里达口音再次在我耳边响起。

他又一次打来了电话。

"很抱歉,刚才我受到了惊吓,手机一不小心掉在了地上,捡起来的时候一不小心碰到了挂断键……好,我知道很多人都说我话很多,我尽量长话短说。我想了解一下其余的两个系列。"这位先生说。

我真的很惊讶,我是不是遇到了传说中的人傻钱多?还是单纯的人傻?

我保持着专业而平稳的语调向他介绍:"除了'时空穿梭'系列之外,我们的'空间瞬移'系列和'时间旅行'系列也是成熟又优秀的产品。'空间瞬移'系列是在三维空间上的位移服务产品,可以让您瞬间移动到您所要到达的任何地方;'时间旅行'系列是在时间维度上的移动服务产品,可以让您到达过去或未来的任意时间点……"

讲了好久,我终于吹完了……不是,我终于讲完了大致情况,以一句"使用效果要视您选择的产品的具体情况而定"结束了我的介绍。

"——嘟嘟嘟",对方又挂断了电话。

这个人怎么这样，电话想打就打，想挂就挂，想和我说话就和我说话。

我看着墙上挂着的钟，还有十分钟就要到交班的时间了，交班同事一来我就可以下班了，美滋滋。

一秒，两秒，十秒，一分钟，五分钟。

如果爱因斯坦还在世，我多么想见他一面，和他探讨一下，等待下班是不是目前人类拉长时间最行之有效的方式。

在这最关键的时候，又有电话接进来了。

又是熟悉的佛罗里达口音。

人生就像一场戏，因为有缘才相聚。遇到傻子不容易，是否更该去珍惜？

"你好，我经过认真仔细地思考，决定买一份时光旅行的产品。"

才过了五分钟啊喂！您到底有没有认真思考？！多想五分钟不好吗？！

我接受了今天会迎来人生中第一次加班这件事，按捺住自己复杂的心情，对电话那头的那位先生说："好的，请问您需要时光旅行中的哪个产品呢？我们有时光船，时光过山车……"

"不用介绍了，"他再一次打断了我，说，"我就买你们最便宜的基础款。"

"好的先生，"我还是要说完属于我的台词，"我们的基础款是传统时光机，售价为100盎司黄金。这款产品因为研发时间较早，所以可能会需要一些后续配套产品，也可能在使用之后需要后期调整才能达到理想效果,您确定自己要购买的是这款传统时光机吗？"

"是的，买这个还可以享受优惠吗？"

"可以的，您继续享受新顾客七折的优惠，这款产品和它的后续配套产品都包邮，并且我还会给您一张1盎司黄金优惠券，可以在下次购买中使用。"

"你们收黄金期货或者现货黄金吗？"

这是培训的时候强调过的知识点，期货一律免谈，现货黄金是虚拟记账也免谈，我们只收实物。

因此，我和对方说："对不起，我们只接收实物黄金，您现在只需要将地址和联系方式告诉我，等您准备好货款之后，我们会拿到它们，并将时光机送到您身边。"

其实我也好奇公司到底该如何拿到这笔钱，100盎司打七折也是70盎司，将近4斤的金子，难道是派人去抱回来？

不过这些不是我该操心的事，我只知道这笔交易搞定了。

03

那天之后是风平浪静和往常毫无区别的日子，我以为生活再一次回到了之前那种什么工作都没有的状态。

距离佛罗里达男子打电话来的一周后，我在公司食堂吃饭，端着大厨刚做好的红烧肉，一回头就看到了我师父钱十一。

真的，我怀疑了很多年，这公司招人可能只要名字里带数字的。

钱十一和我一样是电话推销员，只不过他比我资历老很多，几年前一直在骚扰岗，近几年他说岁数大了，心理脆弱了，所以申请调到了电话推销岗位。

公司里只有我们两个电话推销员，当初也是他培训的我，所以我一直叫他"师父"，我们两个也相对比较熟，有事没事就喜欢坐在一起聊聊天。

这天也不例外，当我端着红烧肉看到他的时候，我们愉快地和对方打了个招呼，然后坐到一起聊起了天。

其实工作真的没什么可聊的,毕竟我们没有活干。可能是我太想体验和同事聊工作的感觉,也可能是在公司食堂聊到工作是必然,总之,我们顺理成章地说起了佛罗里达先生。

当我讲述完我和这位先生的故事之后,钱十一说:"佛罗里达口音的男顾客?刚才我刚接了他的电话。"

我惊讶到一口都没咬住肉,门牙从猪皮上滑了过去。我擦擦嘴,赶紧问:"发生了什么?他为什么又打电话过来?"

钱十一也放下了手里的芝士焗龙虾,认真跟我说了起来:"你说得太对了,这位佛罗里达先生口音又重,语速又快,话又特别多,接完他的电话就会怀疑人生。他今天打电话来,我还没说话,他就叽里呱啦开始表达自己的惊讶之情。"

"他都怎么表达的?"听故事的我有些兴奋地追问。

"大概就那么几句,"钱十一给我学那位先生的话,"上帝啊!我刚把金子放进保险柜它们就消失了!保险柜里那么多东西!只有金子消失了!你们是怎么做到的!同时我的怀里还出现了一只公鸡!我的时光机什么时候才能到货……"

这下我是彻底惊讶了。

金子自动消失。这么科幻的事,简直不能相信竟然和我们公司有关。难道这家公司真的不是诈骗集团或者洗钱公司吗?我仿佛听到了自己三观碎裂的声音。

"等等,为什么会出现一只大公鸡?"重新找回语言能力的我突然发现了这个问题。

钱十一大笑三声:"哈哈哈!因为老板是个傻……"

我起身以迅雷不及掩耳之势捂住他的嘴:"师父,慎言呐。"

钱十一示意我松手,在我坐下后接着说:"我们的老板,大概是当年太喜欢'时光鸡'这个梗了,非要产品研发部把时光机设计成一只鸡,不仅要长得像鸡,还要具备鸡的生理特性。研发部的老大愁得一夜之间谢了顶,最后他们实在想不出来怎么让时光机下蛋,所以做出了一只公鸡。"

我仿佛听到了我的三观粉碎性骨折的声音:"这也可以……"

钱十一接着说:"你说说,他要把时光机做成一只鸡卖给美国人,简直说破嘴皮也说不清楚原理。刚才我跟那个佛罗里达的买家就解释了很久,最后都开始扯'公鸡是东方掌管时间的神明'了才把他糊弄住。"

"那这笔交易算是完成了吗?"

钱十一听了我的问话,脸上突然浮现出一个既有些不怀好意又有些猥琐的笑容。

他从我的碗里,用叉子带走了一块最为肥瘦相宜的红烧肉,然后说:"今天师父再教教你,什么是我们推销中的连环计。"

他说:"今天他打电话来,情绪正激动,对我们的'时光鸡'一无所知,此时正是推销产品的好时机。我在对他解释了他怀里抱着的是一只神通广大的公鸡之后,对他说,'时光鸡'需要养几天才能达到最佳工作状态。别这么看着我,这是事实啊,我没骗他,产品说明书上有,不信你去看看……如果想要更好地饲养'时光鸡',想要养出更出色、更健壮、更美貌的鸡,那么建议购买我们的'综合多营养十全大补鸡饲料'。"

那一刻,我想到了很多,最后只问了一句:"他买了吗?"

钱十一重重地点头:"他买了。"

04

过去的几天中我经历了艰难的三观重塑过程。

这个过程就像生孩子一样痛苦。

我也怀疑过我师父他是不是在骗我，或者是他在这个公司待的时间太久了导致了精神错乱。但是在我怀疑它的同时，之前的种种蛛丝马迹又浮现在我心头。

难道我真的是误入了什么不得了的公司？

就在我怀疑人生和自我怀疑的时候，时间不知不觉到了佛罗里达先生购买时光机后的第二周。

我再次接到他的来电的时候，内心预感到他的故事大概不会轻易结束。

"你好，之前我购买了一只鸡，然后购买了一包综合多营养十全大补鸡饲料，现在一周过去了我什么时候能开始使用我的鸡？"

我赶紧掏出工作手册，前几天只顾着怀疑人生了，一点也没有提高业务水平，业务突然上门让我手忙脚乱。

终于翻到了传统时光机的问题汇总部分，我找到问题的答案，念给他听："时光机需要一个月左右的时间准备，我们会在远程监控时光机的状态，一旦时机成熟，将会在第一时间以各种方式通知您。时光机在一个月的准备时间中，需要达到毛色鲜亮、精神饱满、身体健康、行为正常的标准，方可正常工作……"

我念着，听着电话那边不断传来"扑棱扑棱"的大鸡展翅声、"稀里哗啦"的物品掉落声、"喔喔喔喔"的公鸡打鸣声，和佛罗里达先生手忙脚乱地去制服大公鸡的声音，分出一小半心，偷偷地想：这个时光机仿生仿得真是全面啊！

电话对面终于得到了短暂的平静，这位先生充满歉意地说："对不起，请用简短的语言给我再说一遍吧。"

我说："养一个月，好好养，时机到了我们会告诉你。"

对方马上听懂了。

之后，听起来他好像又和他的时光鸡打了一架，他对我说："这只鸡实在是太亢奋了，我想问问怎么才能解决这个问题？"

讲道理，我既不会养鸡，也不知道产品研发部到底搞了什么花样，脑子一瞬间卡了壳。

说时迟那时快，我师父钱十一突然出现在我身后，递过来了一本翻开的公司产品简介大全。

他伸手在其中一个产品的名字上点了点。

我马上领会了他的意思。

"先生，针对您的鸡的这种情况，我们认为是鸡倒时差不良造成的睡眠质量下降进而导致的神经系统紊乱。简单来说，您的鸡是睡得不好所以才亢奋的。虽然我们的产品是有着掌握时光的能力的鸡，可是它也是一只普通的鸡，各种正常的生理或心理问题都会出现。"

顿了顿，我说出了最主要的那句话："我们推荐您购买一个'生态能量远红外磁性睡眠鸡窝'。"

佛罗里达先生"嗯"了一声，问："如果不购买，会有什么问题吗？"

我接下来的回答可能直接影响到这位先生能在我们这儿继续扔多少钱，于是打起十二分精神，斟酌着词句说："如果不购买的话，理论上对您的最终使用结果也不会造成什么影响。只是最终时光机的效果是和它自身的状态相关的，之前没有出现这种问题的先例，因此我们无法预测最后会不会需要多次调整才能达到理想效果……"

"唉。"电话那头那位和鸡搏斗的先生发出了一声悠长的叹息，"好吧，我再买个你们这个什么什么睡眠鸡窝。"

结束通话之后，我突然觉得我们公司这个套路似曾相识。

那天下班，我在晚高峰的公交车上，看到一位年纪不小的老太太，颤颤巍巍地上了车，和给她让座的年轻人说了谢谢，小心翼翼地抱着自己拎着的东西坐下。

这个时候，我看清了她抱在怀里的东西——保健品。

当时，仿佛天上劈下一道雷驱散了我头脑中的疑云，我终于知道我们公司这个套路像什么了！

就像是那种专骗老年人的卖假药的保健品公司啊！

05

据说，按照这位先生每周打一次电话的规律，公司高层（也不知道是哪几位）抓紧一周的时间紧急开了好几个会，专门研究该如何针对这位顾客展开服务。

高层开会决策，底下开会落实。几天之后，我们部门老大来给我们开会传达上面的会议精神。地球分部做成一笔生意不容易，很多员工，甚至几代员工，他们一辈子也遇不到一个顾客。这次的顾客一定要稳住，尽可能做到我们和顾客都十分满意，对于这一点，我们电话销售部的工作是重中之重。

"基于此，公司决定，由钱十一全权负责今后和这位顾客的交流工作，公司特批一个银河系语言全翻译器和双向视频交流系统，用于此后的沟通，希望大家珍惜机会，通力合作，创造佳绩。"

我和师父对视一眼，从眼神里读懂了彼此想说的话：

有这么高端的设备，现在才想起来给我们？

还想创造什么佳绩？不能积点德吗？

在这种氛围中，又到了每周来电的时刻。

佛罗里达先生果然又一次打电话过来。

"先生您好,"首先还是我来给师父打个前站,"由于您购买信用良好,且购买金额达到了标准,您已升级为我们的 VIP 客户,我们已经分配了客服专员来为您服务。现在将为您接通客服专员。"

师父接过通话,询问对方是否接受视频服务。在得到肯定的答案后,我们开启了视频,终于看到了这位千载难逢的客人的真容。

嗯,白种人,男性,因为过于憔悴所以年龄不好判断。

看着这位客人被折腾得如此憔悴,在暗中围观钱十一工作的我们都忍不住生出一分恻隐之情。

这次,时光鸡乖乖地被他抱在怀里,看起来过度亢奋的问题已经解决了。

佛罗里达先生说,现在的问题是,每天天还没亮,鸡就开始打鸣。

我在心里想了一下:这不就是"半夜鸡叫"吗?

钱十一连蒙带骗跟他说这是鸡的作息问题,现代鸡熬夜太多就是容易作息混乱,该工作的时候犯困,该睡觉的时候打鸣。他推荐客人再购买一款"纯谷物天然维生素 B6 褪黑素",用于解决作息问题。

客人又买了。

有时候我总是想,到底是这位客人消费太冲动,还是产品部在时光机上做了什么手脚?

视频通话这么简单的事,装个即时通信软件就可以,为什么非要动用宇宙级高科技产品?难不成是担心这位客人的村子里没通网?

我的工作性质到底是销售还是客服?抑或是个大忽悠?

给鸡用这么多奇怪的东西，鸡真的开心吗？

又是一周过去了，佛罗里达先生又一次打来了电话。

他的时光鸡开始吐舌头，一副活不了了的样子。

唉，我就说，保健品不能多吃，也不能乱用，这样过度使用成分不明的物品是一定会出事的。这位朋友太淳朴，没有见过这种套路……

你们看看，果不其然，钱十一再次推销了"超强活性炭除氯弱碱净饮水器"。

我们的佛罗里达朋友又买了。

事后，我们部门同事也曾坐在一起探讨过这个人。经过讨论，大家认为这不仅是个有钱的人，还应该是个没什么亲人朋友的人。因为如果有个关心爱护他的人，大概都会拼命阻止他这样一次又一次被套路之后扔钱打水漂……

我掐指算了一下，从他第一次打进电话购买时光机开始，一周后他买了"综合多营养十全大补鸡饲料"；第二周他买了"生态能量远红外磁性睡眠鸡窝"；第三周他买了"纯谷物天然维生素B6褪黑素"；第四周他买了"超强活性炭除氯弱碱净饮水器"。

一个月下来，我的心态从震惊变为同情再变为麻木，整个人都成长了。

眼见到了第五周，我对事情的发展已经丧失了希望。

没想到！就在这个时候！事情出现了转折！

第五周，佛罗里达先生再一次按时打了电话过来。这一次，他说他的鸡已经半死不活，奄奄一息了。

钱十一对他进行例行忽悠。大家都以为这次他又该买点什么走。

但是他没有。

佛罗里达先生竟然严词质问我们："你们是不是骗子？！已经过去这么久了！我花了太多的钱！为什么情况越来越糟糕？！"

个月过太了，他终于想到了我们是骗子这个可能性。

作为金牌推销员的钱十一这次也没能安抚住他，即使说尽了各种花言巧语，佛罗里达先生也不再愿意继续买东西了。

同时，部门老大暗地里通知了高层领导。不知道他们是不是又简短地开了个小会，很快，一个我没见过的总监带着一个我没见过的技术人员来了我们这儿。

总监和对方解释了一大堆让人听不懂的话，技术人员又拿了个机器一通狂敲，最后，他们告诉对面那位先生，时光机的各项指标已经达到了启动的最低标准，理论上可以开启了。

佛罗里达先生立刻高兴了起来，蹦起来转圈圈，开心得像个喝了三百多瓶假酒的傻子。他问："该如何启动时光机？"

总监回答他说："启动时光机只要给他足够的动力就可以了。您有两个方案可以选择：方案一，您开一辆车，找一个房子，以最大速度撞上去；方案二，购买我们的'超宇宙全位面飓风发动机'。我推荐后……"

"——嘟嘟嘟"，对方挂断了电话。

总监带着他的技术员不开心地走了，走到楼梯口，总监的脚步猛然停住，回头问我们："我刚才……是不是还没告诉他使用方法？"

我们整齐地点点头。

电话不接，联系不到，再想找这位佛罗里达先生已经找不到了。

我们所有人心里都隐隐觉得：要出事了。

06

第二天,所有人都看到了一条新闻——美国一男子一心想要进行'时间旅行'开车猛冲进税收站。

汤姆,一个有梦想的普通美国人。

一个月前,他购买了一只,没错的确是一只,时光机,并启动了机器。

等到他再一睁眼,发现自己蹲在警局里。

第一件事,他问旁边的警察:"请问,今天是几号?"

警察若有所思地看了他一眼,拿出手机,给他看了时间。

在他买时光机之后的一段时间里,他一直怀疑自己是遇上了骗子。那些人长得都很普通,没有千奇百怪的造型,没有五颜六色的皮肤,还一直在诱导自己花钱。他反反复复看家里的那只鸡,也就是只普通的大公鸡,没有半点时光机的样子。但是最后,他还是决定再相信他们一次,挂断电话之后,直接抱着鸡开车撞向了税收站。

没错,他看那个税收站不顺眼很久了。

刚才,当他再次醒来,他再三核对了日期和时间,他确定自己的确穿越到了未来。

只是这个"未来"有些过于近了。

他现在所处的时间,是撞车时的三天之后。

07

我是毕小七。我们找汤姆已经找了三天了。

时光机启动之前要先预设穿越的时间,而且要身体时间和环境时间同步调节才行。这些事情如果不告诉客人,那就不知道会出现什么不可控的情况。

就在我们寻找他的时候,汤姆自己打电话过来了。

他语气激动地说:"我现在在警局里!我成功来到了三天之后!你们能不能来告诉警察们我撞进税收站真的是为了时间旅行?我的鸡不见了,如果我想再次旅行,去远一点的时间,该怎么办?"

我们询问了一些他的身体情况,他都回答没有问题,最后,我们请他找一处能照出人脸的地方照照镜子,看自己的面容有没有什么变化。

然后我们听到了一声惊叫。

汤姆说:"我看起来好像老了十岁!"

我们不得不遗憾地告诉他,由于他的操作不当,他本人跟随环境时间到达了三天之后,但是他的脸穿越到了十年之后。

我的师父,金牌销售员钱十一,告诉汤姆:"您的时间旅行已经成功,现在进入售后程序,我们将在售后服务期间持续为您提供时间协调融合调整服务,这项服务,我们将按五折的价格出售给您……"

08

几年之后,我离开了这家公司。

我想换个能实现个人价值与社会价值相统一的工作,也算是给自己积点德。

离开公司的那天,师父送我到楼下。

我问出了一件疑惑多年的事:"那位佛罗里达的汤姆,他为什么从来没有对我们全部都是东方面孔这件事提出过疑问呢?"

师父意味深长地笑笑,反问我说:"你真的确定,我长得就是你认为的那个样子吗?"

一对夫妻幻想中奖五百万,因分配不均大打出手。

男子做梦梦到彩票号码后夫妻双双辞职,每天买彩票……已经中奖,却因奖金分配问题大打出手。

暗访局外派成员

曾获得"暗访局胡说八道征文比赛"一等奖,因其大开的脑洞得到了评委的赞赏。

——2XXX 年 12 月 31 日　《新闻暗访局·情感专栏》报道

百万夫妻

暗访局外派成员

01

杨思远昨晚梦见了三个数字:1,11,12。它们像三个调皮的小精灵,在他的梦里活蹦乱跳。

杨思远醒来时觉得恐慌,毕竟这不是第一次了,三个月来,他总是做这样的梦,每一次都是三个数字,每一次却又都不一样。

他不明白这些数字的意义,有时候也会幻想,将某些科幻片的情节套用到自己身上,但大多数时间里,还是觉得自己的脑袋出了什么问题。自己是谁?一个再普通不过的公司职员,每个月领着只能算凑合的薪水,喜欢吃肉喜欢喝酒。有个结婚了一年,长相还算不错,收入地位和自己差不多的妻子。

自己就是这样的人了,普普通通的,丢到大街上,就像一颗沙掉进了沙漠里。

所以杨思远决定明天去医院看看。他在网上预约了精神科的专家号,又跟领导请了下午的假。但这件事没告诉妻子,他怕妻子嘲笑自己。结婚一年多,两人的感情没有变淡,可是因为各种小事情,生活上的争吵多了起来。

这种事儿，能不告诉她，就别告诉她吧。杨思远心想。

他午饭吃了鸭腿面，喝了大半瓶汽水，然后起身打了个嗝，开始往医院的方向步行。快餐店旁边有一个彩票店，他路过的时候朝里面瞄了一眼，然后很快地走了过去。

杨思远忽然定住了。

他转过身，迈开腿，三个大步走进彩票店，老板以为他要买彩票，食指已然悬空，在数字键盘上空晃悠："机选还是自选？"

杨思远不答话，直愣愣地看着墙壁上的上期彩票中奖号码。老板发现他眼神不对，猛然间明白了什么，于是压低声音，神秘兮兮地问："中奖了？"

杨思远恍然若失，只看着中奖号码发呆。

前三个数是：1，11，12。

02

"我能梦见彩票的前三位数，真的，你一定要相信我。"杨思远既激动又紧张，"我已经试了三次了，第一次是1，11，12。第二次是3，6，15。第三次是6，12，19。每一次都一样，每一次都是在彩票开奖的前一天梦到，但是时间不确定，有时半个月才梦到一次……哎，你怎么了？"

杜玫并不是不信，而是她惊得说不出话来。

其实早在半年前，杜玫也开始做和丈夫一样的梦。有时隔两三天，有时隔着一两个月，梦里也是有三个调皮的数字缠着她，怎么也不肯走。

杜玫比丈夫敏感，起初以为自己精神出了问题，还偷偷去找医生看过。医生也说不出个所以然,只是开了安神的药物,让她好好休息。杜玟回家吃了药,依旧没什么好转,还是会经常梦见数字,只是频率有些下降。

一个偶然的机会,杜玟看到了彩票的开奖号码,幸运数字的后三位竟然就是自己梦中的数字。

她有些蒙,又等待了一个月,试了好几次,每一次都是彩票的后三位数。但她没有告诉丈夫,只有三位数有什么用呢?她偷摸着买了好多次彩票,但是最多的一次,也不过是中了二百元。

于是杜玟有些沮丧。这就是命吧,哪怕知道了三位数,不是自己的大奖,怎么也落不到自己头上,自己这一辈子,就做个平凡无奇的人算了。

直到昨天晚上,丈夫杨思远神秘兮兮地对她说:"媳妇,我发现自己有个特异功能。"

03

杨思远几乎乐疯了,他一把抱住杜玟,在她脸上亲了又亲:"哈哈,我说咱俩怎么凑一块过日子呢,我们果然是天生一对。"

杜玟也很激动,但她觉得有些不可思议:"我们真的,真的能中彩票了?"

"当然了!"杨思远双眼放光,"咱俩加一块儿,就是彩票的一等奖!"

"等一等。"杜玟忽然说,"不对,彩票可是七位,还有个幸运数字咱不知道呢。"

杨思远捏了下妻子的鼻子:"你傻呀?幸运数字不就那几个,咱们每个都买一遍,不就稳中一等奖了?再说了,就算只中了六个数，那也有几十万呢！"

杜玟这才眉开眼笑："你说得对。"

"别说了，咱们赶紧睡觉。"杨思远说完脱了衣服就往卧室跑。

杜玟惊讶地看手机："这才8点半呢？"

杨思远表情严肃："早睡觉，早做梦！"

04

时间慢悠悠地走过了三个月，杨思远早就辞去了工作，整天待在家里睡觉。除此之外，这对小夫妻的生活并没有太多的变化。

杨思远在家睡不着的时候，经常会仰天长叹："为什么就对不上呢？"

所谓对不上，就是字面上的意思。三个月来，夫妻两人都梦到过几次数字，可是说来也真气人，两个人梦见的数字，竟然没有一次是同一期。

杨思远深受打击。当初他辞掉了那份让他不爽的工作，以为自己很快就能中大奖扬眉吐气，可老天爷竟开了这么个玩笑。现在他没有收入，只能整天待在家里做梦，偶尔还要忍受妻子的白眼。

"我说让你别辞职吧。"杜玟埋怨他，"你看，我就知道没这么好的事儿。"

杨思远不服气，这么近的一大笔钱，怎么就摸不到呢？他除了吃喝拉撒，剩下的时间就是睡觉，每次梦到了数字，都激动地把妻子喊醒，问她："你梦见了没有？"

次数多了，杜玟厌烦了，说话也不客气："没有没有没有，说多少遍了没有。我告诉你，咱俩就没这个命，这钱就轮不到咱俩头上。你有时间天天在家睡觉，不如出去逛逛，想办法再找个工作！"

杨思远说:"只要能中一次,还要找什么工作。"

杜玟冷笑:"什么时候能中?要是十年二十年呢?你就待家里让我养你?"

杨思远嘟囔着:"那,总得再试试嘛。"

05

杜玟和杨思远都没想到幸福来得那么突然。仅仅一周之后,杨思远早晨起床,懒洋洋地问妻子:"梦到了吗?"

杜玟也懒洋洋地说:"梦到了。"

杨思远忽然双目圆瞪,紧紧握住妻子的肩膀说:"真的梦到了?"

妻子吓了一跳:"真,真的啊。"

"数字是多少?"

"26,30,32。"

杨思远欢呼一声,拖鞋也没换就冲出了门,回来的时候捏着一把彩票。除了幸运数字,其他数字完全一样,每样买了一张。

接下来的事情,小两口像是做梦一样。开奖,领奖,把钱存进银行,然后去餐厅大吃一顿,回到家里美美地睡上一觉,做梦的时候脸上都带着笑。

第二天,杜玟也去单位交了辞呈,然后定好了一直想去的日本的机票。杨思远不喜欢去日本,她只好跟闺密一起去。半个月后,杜玟整装出发,前往日本开始长达半个月的旅行,而杨思远则留在家里,每天晚上找朋友喝酒吃肉,不亦乐乎。

有至交好友知道他是中了彩票,倒也真心地劝他:"现在消费那么高，几百万转眼就花掉了。你们两口子都没工作，可不能光花钱，得想想以后的生活。"

杨思远却大大咧咧地说："到时候再买彩票不就行了。"

好友哭笑不得："你以为彩票是那么好中的啊？"

杨思远嘿嘿一笑："喝酒，喝酒。"

06

杜玟回到家里时，家中一片狼藉，满地的食品包装袋和酒瓶子。她拿了瓶酒一看，是洋酒，没见过的牌子，好像还不便宜。她放下行李箱，径直走进房间，杨思远果然在床上呼呼大睡。杜玟也没吵他，自己拿了衣服洗了澡，把家里收拾干净，坐在沙发上看电视。

杨思远一觉睡到下午3点，走出卧室看见妻子坐在客厅，他挠了挠头："你怎么回来了？"

杜玟说："都半个月了，我怎么不能回来？"

杨思远说："哦。"然后就要往洗手间钻。

杜玟喊住了他："喂，存折在你那儿吧？回头取个三十万给我。"

杨思远一愣："这么多？"

杜玟理所当然地说："对啊，我爸妈不是有套房子么，一直没装修，我想好好装修一下，让他们俩搬进去住。"

杨思远吞吞吐吐地说："装房子那么急干吗，等一阵子再装。"

杜玟皱起眉头："你什么意思啊？我爸妈的事儿，凭啥就不急。"

"哦，取钱不是怪麻烦的，过两天吧。"

杜玟笑了："你把存折身份证都给我，我自己去取，你有什么麻烦的？"

杨思远说："我，我想不起来放哪儿了，明天再说吧。"

杜玟觉察到一丝异样："你不会把钱都花完了吧？"

07

"你不会把钱都花完了吧？"

这句话杜玟只是随口一说，可她怎么也没想到，几百万的奖金，短短半个月时间，竟然只剩下了三万。杜玟气得脸色发青，把杨思远堵在卫生间里问了半天，终于问出了个来龙去脉。

原来在杜玟走后，杨思远花钱可谓是光速：给自己换了手机，买了台最高配置的电脑，又换了辆一百多万的车。杨思远好喝酒，尤其是麦芽威士忌，他托朋友买了不少好酒，一花又是几万块。

他去父母家吃饭，觉得父母住的地方太寒酸，于是又选了套宽敞的房子，付了全款。有亲戚知道他中彩票过来借钱，他也毫不犹豫地借了。一来二去，几百万转眼就剩下了这么一点点。

杜玟真是气坏了："好啊，咱俩工作都辞了，现在可怎么办？"

"这有啥，再买一次就是了。"杨思远无所谓地说，"上次咱们太笨，只买了一注一等奖。下一次啊，咱们每样买个二十注，那钱就绝对够花了。"

杜玟说："要是跟之前一样，老是梦不到怎么办？"

杨思远说："那就多等等，总能梦到的嘛。"

08

一个月过去了。

三个月过去了。

半年过去了。

像是上天在刻意捉弄两人,他们的梦始终没有对上。

杨思远花光了钱,只好把车卖掉,要回了亲戚借走的钱,生活花销总算是续上了,但再也不能大手大脚了。

经过这件事情,两人的关系越来越差,隔两三天就吵架。

杜玟这次学聪明了,直接要走了一半的钱,然后回到父母家里住,省得两人再吵架。

如果她做了梦,就把数字发给杨思远,可惜那么长时间过去,却始终没有对上过一次。

杨思远有些失望了,有次杜玟回来拿东西,他就埋怨杜玟:"都是你,上次怎么就不提醒我多买几注呢?"

杜玟反驳:"你不也没想到吗?凭什么怪我?"

杨思远说:"我不是去买彩票了,哪有时间想那么多。"

眼看着又要吵架,杜玟压下火气说:"算了,我觉得咱俩不太合适,等下次彩票中了,咱们俩分了钱,干脆就别再一块过了吧。"

杨思远不以为然地说:"行吧,随你。"

09

一个月后的某天早上,杜玟照例把梦到的数字发给杨思远,很快的,杨思远回来了信息,信息只有简单的三个字。

"对上了。"

杜玟立刻出门,半个小时后出现在两人曾经的家。杨思远坐在沙发上,面前摆了一堆彩票,杨思远双眼通红,双腿不停地抖动,看得出来他很紧张。

杜玟在他身边坐下:"买了多少?"

"十六个幸运数字,每个都买了五十张。"

"几点开奖?"

杨思远看手机:"晚上9点。"

杜玫紧张地心脏狂跳:"我们等到开奖吧。"

两人陷入一阵沉默。除了偶尔起身去卫生间,其他的时间里,他们都坐在沙发上,看着面前这一对白花花的"支票"发呆。

闹铃声响起,时间到了。杨思远迫不及待地拿出手机,打开彩票开奖的直播,杜玫也凑了过来。这是半年来,两人第一次凑得这么近。

主持人甜美的声音在两人耳边响起:"这一期的中奖号码是2,6,15,17,24,26,幸运数字是7。"

两人瞬间呆若木鸡。

一个数字也对不上。

杨思远忽然吼了起来:"怎么可能!怎么可能!怎么可能不一样?"

杜玫脸色惨白,抢过他的手机,在彩票页面上乱点了起来。片刻之后,杜玫尖叫道:"不,我们的数字是对的。"

"什么?"

"但是彩票种类变了!"杜玫指着手机屏幕说,"我们以前买的都是三色球,但是你看,这个彩种叫七天乐,七天开一次奖,玩法和三色球一模一样。我的天呐,怎么会这样,这简直,简直就像是老天爷在耍我们。"

杨思远痛苦地抱住脑袋,过了一会儿,他朝着杜玫大吼:"都怪你。我早上还打电话跟朋友定了新车,现在怎么办?你让我怎么办啊!"

"怪我?"杜玫也朝他大吼,"要不是你花钱那么快,我们怎么会变成这样?"

两人越吵越凶,最后终于动起了手。扭打之中,杨思远和杜玟的脑袋撞到了一起,两人眼前同时一黑,就这么晕了过去。

10

"两位,下午好。"客户经理面带微笑,看着面前这一对颇为般配的小情侣,"看来两位是对本公司的婚前测试感兴趣,是吗?"

两人羞涩地对视一眼,眼神一碰撞又迅速分开。男青年对经理说:"啊,是这样,我们虽然相识不久,不过已经准备结婚了。"

"看来我们的婚前测试对两位来说再适合不过了。需要我做一个详细的介绍吗?"

情侣两人都点了点头。

"是这样的,我们的婚前测试,会将二位接入到最先进的梦境模拟系统。在这个系统里,你们所有的感觉都是真实的,而系统会屏蔽掉你们在外界的记忆,让你们直接进入婚后生活。"

"就像现实一样?那不是要很久?"

"不用担心,在梦里的时间流逝远比外界要慢,外界的一天就相当于梦境中的一年。我们会在梦境中为两位安排婚后可能遇到的突发状况,两位可以提前选择难度等级。最简单的经济危机,陌生人追求,或者是更有想象力的事件,比如超能力啦,彩票中奖什么的。至于最高难度,我并不建议两位尝试,因为可能要面对世界末日,生化危机这样的内容,和婚姻生活并没有关系。"

"太棒了。"男青年握住女朋友的手,"我们一定可以的,我相信我们是真爱,对不对?"

女青年小声"嗯"了一声,靠在了男青年的肩膀上。

这时，杨思远和杜玟走出测试间，两人表情冷漠，一句话也不说，就这么走出了大门。一个向左，一个向右，走向了不同的方向。

客户经理摇摇头，在心里叹气。

"这两位昨天来的时候，可比你们要甜蜜多了。"

男子躺车底碰瓷，
民警用二十元诱其伸手。

一男子躺在公交车底碰瓷，民警用二十元诱惑其伸手，将其逮捕。

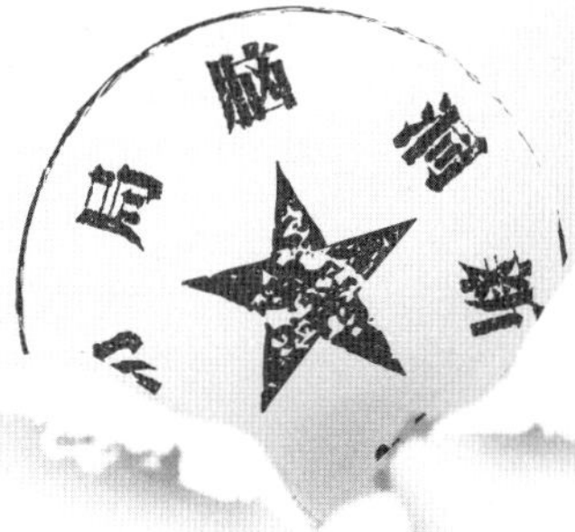

暗访局外派成员

暗访局"江湖派"协会会员，主要对各种江湖事件进行走访，有时甚至会违规假扮成江湖人士离岗打游戏。

——2XXX 年 5 月 30 日 《新闻暗访局·传奇人物》报道

碰瓷者的江湖

暗访局外派成员

01

师父输了。

师父输得不丢人,打上场的时候,师父便说鼻子有些堵,怕是昨天撸串被风吹着了凉,得了感冒。

感冒会不舒服,会喉咙痛,会头昏鼻子堵。

但这都不是重点,重点是,感冒了就说明运气不好。

碰瓷这行,照师父的老话说,那是看天吃饭的行当。碰好了,前途无量,碰不好,白白丢了性命。他老人家的四门究极功课——说,讹,哭,闹,那是踩着多少前辈的骨血练成的。

所以运气很重要,师父输了,那是运气不好。

那年我7岁,随着师父来到滚滚车流的太原街,在那十字路口的对面,是一个穿着黑衣黑裤的老者,树皮一样的脸,眼睛跟鹰一样盯着师父,在他的身边有一个西瓜太郎式发型的孩子,岁数跟我相仿,也冷冷地看着我们二人。师父冷哼一声,一只胳膊把我推到身后,另一只手做了一个请的手势。

于是二人像有默契般没再犹豫,当十字路口的灯由红变绿的刹那,纵身跃入飞速的车流中。随后,是一声刺耳的刹车声,和连环不断的撞击声。

许久,黑衣老者站起来了,师父没有。

02

人在江湖,身不由己,师父也是。

碰瓷者有碰瓷者的规矩,当这个职业诞生时,就很自然地分为南北两派。北派主张自身硬朗,内在流。南派主张事后话痨,表演流。但凡立了宗门,那必定是互相不服,不服怎么样?马路上见,非要争个高下,比个高低。

师父说,都是一锅粥的事儿,就想吃口饭,没屁意义。

所以当北派战书下的时候,我以为师父不会搭理,但他闷闷地抽了一宿的烟,去了。我问他,他不答话,最后还是在走上马路前跟我说:"我不能丢了南派的脸。"

师父跳不出,这玩意就像悬在脑顶上的这片蓝天,平常看着无所谓,真塌下来谁也跑不了。

师父没教我碰瓷,说这一行是绝活,我脑袋不灵光,学不来,白搭了性命。但我知道,师父这是为我好,不想我再卷入这场汹涌的人车洪流。

师父去世后,我以为我会被这个残酷的社会淘汰。但我太天真,师父过户给我一千多万,让我有了扎根立命的本钱。

当黑色银行卡放到我手里时,我却觉得这银行卡滚烫,像鲜血,像一颗搏动的心脏,像看到无数次飞跃在车流间的师父,我很难过。

03

难过归难过，日子还是要过的。

有了师父的钱，我很快变得富了起来，买了几套房，又卖了几套房，趁着大势，我很快将余额翻了几倍。

但钱这种东西，到达八位数时便变成了数字，多少并不重要，我买了兰博基尼，买了海边别墅，回头一看，还是八位数，突然觉得生活好像也就这样，花钱挣钱，枯燥乏味。

对于买车一事，我纠结了很久，我天生对马路有一种恐惧感，总感觉会有奇怪的生物飞到自己的车前，哀号一声，鲜血一片，尽管我装了最先进的行车记录仪，也丝毫没有缓解我这种恐惧。

我百公里加速7.7秒的兰博基尼，在马路上一般只能开到20迈，一开始是老司机骂我，后来连新手司机也忍不住了，我倒无所谓，骂娘这事你随便，因为我没见过我娘，还好骂人里没有骂师父这个选项，不然我可能会下车和他们玩命。

师父是我心中的神。

那天，当我开着我20迈的兰博基尼在路上驰骋时，意外果然发生了。

熟悉的身法，熟悉的套路，熟悉的纵身一跃，一位姑娘扑到我的车前。我撞倒了一位姑娘，没有鲜血，没有哀号，而是理直气壮地站起来，对我说：

"拿钱！"

04

"你是碰瓷的。"我怔了一下。

姑娘齐耳短发，白衬衫，黑色短裤，肉色丝袜，身材不高，掐腰站着咄咄逼人。

"我不是。"她反驳。

"我有行车记录仪。"我示意道。

她虚了一下，随后又挺了挺胸脯："撞人了就是撞人了，不然让大家评评理。"

这是"闹"字诀，我很熟，师父演过。一股新奇感油然而生，我看着这个姑娘，从怀里掏出了一叠钞票："不多，拿着。"

她愣住了，颇惊奇地回复我："那个，谢谢老板。"

"你是南派的还是北派的？"我问她。她眸子一亮，有些怯怯地道："南……南派。"

"太好了，咱们是同道中人。"

"你也是个碰瓷的？"

我摸摸鼻子："算是吧！"

"你家在哪儿？我送你回去！"我发出邀请，她并未拒绝。上车才发现，她坐到了主驾驶的位置。

"你这是……"我似笑非笑。

她冲我抱歉地笑了笑："不好意思大哥，你开得太慢了，我忍不了。"

随后，发动机一阵轰鸣，车扬长而去。

05

人要是无聊，谈一场恋爱就好了，折腾这事一定要两人，男女主人公坐齐了才有戏唱。

之后我经常开车找她，约她吃饭逛街，开始的时候她都欣然接受,只是后来她和我说:"大哥,你能不能换一辆车,你开这辆,我总想碰。"

我知道这是职业病,十分理解。从此大多数时间,我都是步行去找她,步速慢下来后,我突然感觉这个世界多了好多风景,虽然以前开车速度也不比行走快到哪去。但我第一次发现,天是那么蓝,草是那么绿,蝉鸣是那么清脆。

我猛然间想起歌德的话,这世界如果没有爱情,就像没有亮光的走马灯。

她是我的亮光。

很长的一段时间,我都沉浸在失去师父的苦楚里,她点亮了我,给了我重新生活下去的动力。巧合的是,她是个碰瓷的,师父也是,她是南派,师父也是。

那天我们逛完街,来到太原街的十字路口,我脸部一抽,我看着十字街角的对面,站着一个黑衣黑裤的青年,他的脸我已不大记得,但是他的头型我仍有印象——西瓜太郎。

岁月不饶人,他也长大了。

身边的女孩猛地将我的手握紧,我问她:"怎么了?"

她紧张地看着我:"还记得南北之别么,如果相遇在一条马路上,就一定要分一个高下。"

我想起师父,看着她,蓦地紧张了。

06

她要去吗?我不能让她去。

我大大方方等着绿灯走到了他的身边,他瞅了我一眼,说道:"好久不见。"

"你认识我？"我惊诧道。

"是的，我忘不掉你流川枫般的脸。"

我点点头，明白帅也是一种罪过。看着还停留在车对面的妹子："你放过她。"

"可以，但你要替她。"

"我不会碰瓷。"

"你不会？"他惊了一下，不过随即笑笑，"随便，不是你就是她。"

"如果我们都不呢？"

不答应就好，我们有钱，犯不着做这种玩命的生意。

"也可以，毕竟你和你师父一样，都是窝囊废。"

我给了他一拳。

没人可以骂我的师父，没人。

我送妹子回了家，告诉她之后的事由我一力承担，她水汪汪的眼睛看着我，嘱咐道："一路小心。"

我回到太原街，找到了等候多时的西瓜太郎。我问他："你师父呢？"

"被抓了。"

"因为啥。"

"碰瓷失败，被警察抓了。"说到这，他牙咬得嘎嘎响，好像下一秒摩擦就能闪出火花。

我内心痛快了一阵，但很快又沉了下来。我发现我和西瓜太郎是一种人，前半生的生命中只有师父。

西瓜太郎看着我："这次我不仅要赢你，我还要为我师父报仇。"

"你想干吗？"

西瓜太郎看着面前红蓝灯闪耀的警车。

"这一次，我要碰警察的瓷。"

我以为他疯了，但结果他没有。威风吹过他平整的刘海，我看着他大踏步向警车走去，我知道，只有功力够高，技巧够绝，也能碰警车的瓷。

警车也是车。

北派是内在流，自身硬朗。我看他大步流星走到警车面前，变灯有时间，心里有鼓点，动次打次，洞洞大次，就在变灯的一瞬间，他来到了警车的边缘。

警车动，他便飞身而上。

可警车不动，他也不动。

这个停顿足足坚持了30多秒，眼见着后边鸣笛声一片，绿灯再次变成了红灯。我知道，他失败了。这场和警车的对峙终于无疾而终，警察下车，将他带走，只留下他不甘和悔恨的双眼。

他在进车的最后一秒，将目光放到我的身上。

我明白，他的意思是，轮到我了。

07

其实西瓜太郎被抓，我完全可以不顾什么狗屁约战。我有钱，有妹子，我可以过得很好。

但我忘不掉那双眼睛。

我想起很久之前，当我发现师父死在大街上的时候，我看着那边黑衣师徒二人，好像也是这么一双绝望和不甘的双眼。

我决定碰瓷。

我想起师父的一句话,"我不能丢了南派的面子。"同理,今日太原街,我也不能丢了师父你的面子。

我小心翼翼地踏入斑马线,我选准了一辆公交车,它速度很慢,方便我碰,我故意地走到它的身边,然后左脚绊右脚,把自己拧倒在地。

这个动作很浮夸,导致公交车司机看到我的时候,就已经停了车。

公交车司机下了车,怒气腾腾:"你是碰瓷的!"

"拿钱!"我呵呵一笑。

司机师父骂我,全车的人也骂我,无所谓,我对骂声好像自动免疫,我就这样自顾自地躺在车轱辘面前,不给钱不走。

公交车司机奈何不了我,于是拨通了警察的电话。

很快,开走的警车周而复返,从警车里面下来三个人,两个警察和西瓜太郎。

警察想跟我做工作,我却腾的一下钻入公交车底。

是啊,我不会碰瓷,但我会讹人。师父说,南派的精髓是"闹",人不要脸,天下无敌。

我深以为然。

在一阵激烈的交涉后,警察也没了招数,最后我终于得到了我想要的答案。

为首的警察掏出20块钱,说道:"来吧,出来,出来钱就是你的。"

我笑了。

我伸手去够。

警察猛地将我从车底拉出,随后等待我的是一双冰冷的手铐。

我看着警察,笑得很开心,在我旁边的西瓜太郎面如死灰,他知道他输了,因为警察信守承诺,将钱塞进了我的裤兜里。

坐到警车里，他轻轻对我说："我输了。"

我丝毫没有赢了的喜悦。

在这场比试中，没有赢家，我将会失去我的妹子。

坐在警车里，听着警笛。我在想，会不会师父本来就是错的，碰瓷本身就是歧路？想到这儿，我感觉胸腔里有一丝东西裂开了，师父不是神，师父原来做错了，从一开始就错了。

警车开得很慢，大概也就20迈，我竟然晃晃悠悠地睡着了，在梦里，我是一名勤劳的上班族，朝九晚五，用双手创造财富，回到家，正看到妹子做好了饭菜，等在桌边，冲着我盈盈微笑。

男子跳江自杀却发现江中有一条蛇，被吓得游回岸边。

警方找到要自杀的男子时，他正在躺在岸边。据了解，男子一时想不开跳江自杀，却因为看到江中的蛇害怕，尾游回岸。

暗访局外派成员

因为兴趣爱好和专业领域都与"码"相关，所以一直随身携带电脑并对着电脑敲敲打打，但常常拖稿被局长警告。

——2XXX年6月6日 《新闻暗访局·城市纪录》报道

谁的眼睛

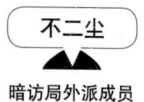

暗访局外派成员

一

"我找你,是想请你帮我找到一条蛇的下落。"

我从咨询单中抽出一页,开始按照目录逐条往下问:"名字?"

"……没有。"

"那你平时怎么叫它?"

短暂的安静。我抬起眼:"这个问题不方便回答吗?"

他反问:"我可以不回答吗?"

我坦然道:"当然。但是出于客户自身原因隐瞒信息,咨询费要加三个点。而且如果因为隐瞒了关键信息,造成这次委托最终失败的话,我是免责的。这些合同上都写了。"

他发出一声轻笑,很奇怪,我感到他自进门起就一直紧绷的神经在听到这句话后,竟然慢慢松了下来。

他微笑着,几不可闻地叹出一口气:"那就加钱吧。"

"性别?"

"男……公,咳咳。"

我在"雄性"下面打了个钩。

下一栏是籍贯。我写下"蛇类"二字,想了想,又在后面补了个小小的问号。

我直觉"它"不该是简单的蛇类,干我们这行的,总是对白纸黑字之外的东西格外敏感。他每次提到"蛇"字,声音都会凝滞一下,虽然只有短短一瞬,但也足够引起我的警觉了。

二

"年龄?"

"……"

"不清楚?估算一下,给个大致范围就可以。"

"……"

"哦,这个也不能说。"我递给他一个"OK我懂,我都懂"的眼神,"咨询费再加三个点。"

他突然开口:"咨询费直接翻三倍,可以吗?"

在人生的某些时刻,你要控制住自己不跪下来抱着大腿叫爸爸,真的需要极大的自制力。我抬起头,给了他第一个正眼。

他戴着口罩,只露出一双眼睛,是形状非常好看的凤眼。这种眼睛通常自带凌厉buff,长在他脸上,却仿佛蒙着一层格外恬淡的柔光,轮廓非常深,颜色却很浅。与他对视,只觉得这个人仿佛近在咫尺,又像是远在天边。

三

"文化程度呢……不好意思,问串了。"

我又抽出第二页:"它是具有高级智慧的生物吗?"

他低声道:"是。"

我点点头,拉开键盘敲了几行,对他解释道:"现在对这部分卡得很严,为了不招麻烦,我给这个房间开了屏蔽。你不用有什么顾虑,一会儿有什么直说就好。"

他迟疑道:"那对修仙的态度怎么样?"

"修仙会扶持。就跟你亲戚有出息你也跟着沾光一样,谁不想多点在天庭上班的同根。"

他像是松了口气:"没事,那不用屏蔽了。他是仙人,蛇只是他的一个化形。"

四

我翻回第一页,把籍贯栏的"蛇类"划掉,改成"神仙",括弧注明"化形为蛇",然后按上笔帽,点了点眉心。

有些不好办。

我的客户对我实在不够信任,多付我两倍的酬金好像也没有增加他的安全感。很多情况,我相信,他并不是刻意要隐瞒我,只是下意识选择了回避。

比如说,我想,如果不是因为担心现在的限制会影响我调查的方式,他肯定不会允许"仙人"两个字从他的肚子里,跳到舌头尖上。

这个时候,有些问题就不适合谈了。我扫了一眼咨询单上剩下的栏目,在心里迅速划掉了几个,调整好下一轮问题的顺序后,又打开笔盖。

五

"体貌特征?"

他解开袖扣,将小臂伸到我面前,上面文着一条巨蛇的背影。非常漂亮,漆黑的鳞片闪着微光,好像一条划在暗夜里的星河,凝固在那片苍白得近乎透明的皮肤上。

我拿手机照了下来,又问:"还有什么能补充吗?"

"……有。"

他慢慢道:"他没有眼睛。"

我抓住了心里一闪而过的异样:"天生的?还是遇到过什么意外?"

神仙化形并非毫无限制,一般仙体上的某些缺陷,化形了还是会保留下来一部分。比如一个神仙若是腿断了,多半就要化形成一个瘸子;不会说话,则常常变成一个结巴。

我听见我的客户轻轻地说:"他的眼睛,是被我偷走的。"

六

"从前,有个小男孩,他被一条蛇捡回了家。小男孩原本是有自己的家的,但他的爸爸、妈妈,还有姐姐,都被坏人害死了,他成了流浪的孤儿。那天晚上,他正在垃圾桶里找东西吃,突然看到仇家从旁边的巷子里走了出来。

"小男孩又黑又瘦,脏得看不清脸,仇家压根没注意到他。他的裤兜里塞着几块碎玻璃,还有磨得很锋利的易拉罐拉环,都是平常跟别的小乞丐抢地盘用的。他攥着玻璃和拉环,下定决心要出去报仇。"

我叹气:"这就像是在送死。"

他点点头,好像颇为赞同,却淡淡地说:"可是对当时的他来说,死未必就比活着痛苦。"

"但是他没能走出去,因为有条蛇,好像是凭空出现的,一口叼住了他的裤脚。那是条很漂亮的大蛇,他对小男孩说,你乖乖的,别出去,我就满足你一个愿望。"

七

我抿了一口茶，笑了："挺有意思的，其实很多神仙都干过这种事。你也知道，他们长生不老，不能退休，要在天庭当一辈子公务员。功德攒得不够，绩效考评就过不了，每到年底要冲业绩了，就满世界化形显灵，扶贫救弱。"

他说："……你是在安慰我？"

我的确在安慰他。因为我们都知道，一个只为了完成绩考的神仙，是绝不会给他机会去偷走自己眼睛的。但我还是摆摆手，否认道："不是不是，八卦而已，乐呵一下。"

他定定地看着我，目光中涌动着极为复杂的情绪："我以为你知道之后……是不会用这种态度对我的。"

我有些好笑，反问他："那你觉得我该是什么态度？你是我的客户，我的第一上帝，如来玉帝都要靠边站。别高估我的道德，也别低估我的职业道德。"

果然见他的神色又放松了许多。

心防是要慢慢攻破的。

八

"方便说一下，那个愿望是什么吗？"

他歪着头，不答反道："你猜？"

果然是放松下来了，已经可以开玩笑了。我笑道："许愿让蛇帮你干掉你的仇人？"

"不。"他笑得像是一个计谋得逞的孩子，"我许的愿望是，让他把我带回他的家里去。"

"他住在一个山洞里。里面没有堆积成山的珠宝，也没有什么名贵的瓷器,只有一张桌子几把椅子,还有一个土塑的炕床。自从我到了山洞,床就变成了我的,大蛇卷来稻草,在床脚给自己打了个地铺。

"我原本以为他是蛇成了精,直到有一天,我看见他……"他顿住了,好像在斟酌词句。

我体贴道:"我们这儿有个收费项目,共视。就是有些场景不好描述,可以由我自己看。你要是需要的话,扫一下这个二维码点击付款。"

"……好。"

我给他的手指带上电极夹和指环套,另一端连在图谱仪上,又扯出一根线,夹在自己指尖:"现在开始回想要给我看的记忆。"

九

蒙蒙胧胧间,只见一个男子背对着我,站在洞口。背影清瘦,只是安安静静地立着,就有格外温和但睥睨的气场。应该就是那个神仙。

此时是晨昏交接,惨白的日头自天幕中撕开一线,正中钉着一枚幽黑的刺钉,像是一只阴鸷的独眼,杀气腾腾地跟他对视着。

天地间卷过桀桀的风声。

男子抬起手,一线金光自他指尖破出,像离弦的利箭,破空射去,狠狠穿透了那黑点。

下一刻,好像有什么看不见的阴霾终于被撕裂了,火红的云霞迸射而出,滚滚漫过整片长天。他就在那片红得近乎滚烫的霞光中转过身,走到"我"身边,弯下腰,轻轻掖了掖被角。

十

我道:"你,最后偷走了他的眼睛……"

他笑了:"想不通原因?"

我耿直道:"是的。"

刚才那种场景，分明就是"他是一位盖世的英雄，总有一天，他会手射金箭拯救世界，然后转身来给我掖被角"。但是我猜中了开头，却没有猜中这结局。

他淡淡道："因为我想要那个黑钉，就是你刚才看到的那一幕里，他从天上打下来的那个。但他说这枚黑钉太过阴邪，留在世间恐成祸害，就把它封进了自己的眼珠里。所以……"

我说："所以你就连着他的眼睛一起偷了？！"

他心平气和地反问道："不然呢？"

"等等！"

我突然灵光一现，从抽屉里扒出一张传单，推到他面前："那枚钉子，是上面这个吗？"

这是个找法宝的悬赏单，正中印着一枚幽黑的刺钉，因为这个价钱，我对它印象深刻。

"是。"

我试探着问："你为什么一定要接下这个悬赏？"

片刻的安静。

他缓缓道："因为这个钉子，我是认得的。我们全家……都死在它上面。"

十一

"小男孩一直没有放弃报仇。"

他又站回了旁观者的视角，淡淡地道："跟在神仙身边久了，他才知道，害死他全家的仇人是个大能，那枚黑钉就是仇人的法宝。小男孩想报仇，神仙却说他报仇就是送死，不许他下山，说什么时候小男孩能打过他了，什么时候放他回去寻仇。"

"……"

我艰难地用逻辑整理这一摊古早的狗血:"所以你明面上在他跟前装得乖巧温顺,暗地里自己到处探查仇人的下落,直到看到了这个悬赏单。这是你能抓到的唯一的机会。等等——"

我直觉地抓住那个隐秘的悖点:"这张悬赏单并没有写清委托人是谁,连我都不知道,你怎么就那么确定他就是你的仇家?即使再想报仇,仅凭那个长得很像害死你父母凶器的黑钉,就让你下手偷走一个神仙的眼睛,这说不通。"

房间里的沉默有种千钧一发的沉重感。我第一次感到自己碰到了核心,那个他有意隐瞒、而非无意回避的、最根本的秘密。

就在我以为他又要拒绝回答的时候,听见他轻轻的笑声。
"不错。"

十二

"……"

我震惊道:"没了?"

十三

"你猜得对,就凭这些确实不足以叫我下手。其实我刚才瞒了你,那枚黑钉原本是我们家的传家宝贝,那个大能就是因为盯上了它,才会害死我的父母。

"但就算是这样,我也不确定发悬赏的是不是我的仇家,毕竟,干将莫邪剑还分雌雄,谁又知道天底下是不是只有我们家才有这个东西。直到有一天,他一直没回家……"

他掏出手机,又扫了一遍二维码,然后轻车熟路地把电极夹上手指："还是你自己来看吧。"

十四

这该是个黑夜，昏惨惨的白光自树缝中筛下来，在地上割出各式古怪的影子。

我的客户匍匐在一丛高大的灌木后面，像是在听墙角。下一刻，就传来几声私语。

一个人道："那个人确定就在这儿？确定就是他？东西确定就在他手上？"

他"哗啦啦"地抖着一张传单，冷冰冰的夜光照在上面印着的乌黑的刺钉上。

第二个人道："蓝猫淘气三千问啊你？！"他搓着蒲扇似的巴掌，重重啐了一口，"咱们雇主都说了，这东西明明好端端地被钉在天上，被他打下来了。那不在他这里，还能去哪儿？"

第三个人道："可他，他为啥说，说说说，说自己没有，啥都，不知道啊？"

他指指旁边："都关在这儿一，一天两夜了。打也，打了，再打，就，要出，出事了。"

我顺着他的指头看过去，丛丛衰草遮蔽下，隐约是一个四四方方的凹洞，像个坑道的入口。

第二个人没好气道："能出什么事？！"

第三个人认真地道："打晕了，叫不醒，还要打120。这里偏僻，120过不来，来也慢，还有医药费，贵，出不起。哥，我们说，说说好的，只谋财，不害命，本本分分赚的钱，拿在手里，心，踏实。"

"……"

我肃然起敬地望着他们。

下一刻,就见我的身体站了起来。

哦,不是我的。

我的客户淡声道:"你们抓他没用。东西在我这里。"

十五

画面骤然切换到了地道的牢房里。

第一个人道:"你保证东西在你这里?你保证只要去见那个人一面就老实坦白?你保证我们把他放了你就把东西给我们?"

第二个人道:"你要是敢耍花招,就剁了你!"

第三个人道:"他就,在里面,看,吧。"

隔着栅门,能看到他半侧着躺在地上,眼闭着,清俊得过分的面容上沾着血迹,神情却依旧温和。仿佛有奇异的感应,他遽然睁眼,视线短短交会,下一刻,我就被推搡着押走了。

我不知道自己脸上是个什么表情,只看到他暴起朝门扑过来,震痛的目光灼得人眼底发烫。

那三个人铁塔似的把我团团围住,逼问道:"东西呢?!"

只听我的客户轻轻地、一字一字道:"在我的眼睛里。"

十六

我猛地被从幻境里甩了出来,头晕目眩。图谱仪的屏幕上线条疯狂地乱窜,红色的警报器发出刺耳的滴滴声。

这是神经压过高触发了保护机制,强行把我们从"共视"中弹出。

我的客户目前的精神状态濒临崩溃。我迅速扯下电极,又给他解开指环套。

他抬起头,静静地望着我,湿漉漉的眼球好像滴出了血,终于勉强弯出一个笑形。

"……"

我问:"现在你的眼眶里,装的到底是谁的眼睛?"

十七

"……"

"你知道黑钉是被封进了他的眼睛,所以故意提醒他们三个。那三个人从你这里找不到,就会顺势怀疑到他的眼睛上。而他,知道你在那三个人手上,自然也不会反抗——然后你就趁机偷走了他的眼睛?"

"……"

我刚才看到那个神仙的眼睛时一愣,只觉得莫名熟悉,然后才终于想通关窍。

"既然做了这些,为什么还要找他的下落?"

他慢吞吞道:"自然是因为大仇得报,能腾出手来赎罪了。"

"你杀了仇家?"

"不是我杀的,是他。他似乎以为我死了,去找那人报仇。我只是用黑钉把那人引到了一个好动手的位置。"

"……"

他轻轻叹道:"他没了眼睛,功力大减,又受了重伤,不知死活,必然维持不了本相,要化成一条蛇。可我找不到他,只好来找你。"

十八

五天后

我带他来到一条江边,拿出一卷图册,一张一张翻给他看:"根据你的描述,我大致模拟出了他的迁移路线,又跟沿路监控画面做了匹配,结合流域模型分析,基本确定在这片水域。"

他冲我微微点头,那双来自神仙的眼睛,闪着宁静而温柔的光泽。

我知道他要做什么。

我站在江岸上,看着他向江心走去。

此时正是清晨,沙滩上的人寥寥无几,即使意识到不对,也来不及救援。

我翻开图册的最后,那是一份关于黑钉的资料。是前两天我受直觉的驱使,暗中查到的。

三天前

我接到了一个电话。

"就是你前几天托我查的那个东西,查出来了——先说好,你没碰吧?"

"没。"

"幸好没有!"对面劫后余生似的发着感慨,"不是我说,咱们这行也太危险了,动不动就要跟这些要命的玩意儿打交道。"

"……什么?"

"那东西,一开始叫什么名字已经'不可考'了。本来是个辅助修炼的东西,把它扎在灵气充沛的地方,它就能把那里的灵气导进人的身体。后来呢,出了很多事,这才发现不对。这东西要是沾在人身上,就跟附骨之疽似的,往人骨头缝里钻,越钻越深,根本取不出来,还会把人体内的灵气给导出去。那人没了灵气,不就死路一条了吗!所以就给它起了个诨名,叫'跗骨锥'。

"那家人发现了问题，又毁不掉这个东西，只好把它封印起来，由本家人一代代镇压。谁知道这一代人不知为什么，被人盯上了，全家都没逃过去，就叫这祸害重新出世了。"

我心里模糊的猜测终于有了佐证。

如果他真是那家的人，就必然会知道这东西封进体内，会有大危险。可任它流落在世，一样要酿成大祸。那么，会不会他导演出后来的一切，并不是为了报仇，而是要把黑钉封进自己体内？

三天前

我试探道："你说，这个跗骨锥上，会不会下了什么禁制啊？比方说，只要一说出跟这事相关的话，就会爆体而亡？"

对面："？？？"

对面艰难道："兄弟，你这思维也太发散了。"

我无视掉他那冲破屏幕的错愕，轻声叹："一个人来雇我帮他找一条蛇。他明明好像什么都告诉我了，我却总觉得他有什么难言之隐。总是在想，他到底是真的无话可说，还是不想多说，还是不能再说？"

对面："内心戏太多，是病。"

又老神在在地教育我，"咱们年轻人除了担心秃头，也要多关心一下自己的精神健康。"

我按掉了电话。

十分钟前

他脱掉鞋子，踏进江水。我突然伸出手，拦在他面前。

"你如果一心想要报仇，为什么最开始对他许下的愿望，不是让他杀掉你的仇人，而是要他带你回家？"

这是我能抓到的能撼动他整个故事逻辑的,唯一的悖论。

"……"

"你一定要找到他,是不是想把自己的灵气导进他的体内?"

将一个人的灵气导进另一个人体内,是个以命换命的法术。重伤昏迷、灵气枯竭的人,就像神智未开的婴孩,由求生的本能支配所有的动作。如果身在江水里,那么吸收了导入体内的所有灵气后,就会下意识往空气更加充沛的岸边游动。

而那个灵气耗尽的人,就会像碰到清晨的第一缕阳光、慢慢变成泡沫的人鱼一样,在江心永远地、彻底地沉没下去。

"最后一个问题。"我紧盯着他的眼睛,"一会儿再回到江岸的,还是你吗?"

结尾

收到新闻推送,已经是几天后了。

"某男子跳江自杀发现江中有一条蛇,被吓得游回岸边"。

这条新闻被营销号轮成了段子,满屏的"哈哈哈"和表情包,自然不会有人关心进去和回来的,究竟是不是同一个人。

我推开窗子,远远朝外眺望。

十里外,该有一片江水。

"……从秋流到冬呀,春流到夏!"

男子因失恋开燃气欲自杀，
冷静后点了根烟却引爆燃气。

男子跟因女友分手，失恋后开燃气想要自杀，
却在冷静后习惯性点烟，引爆了燃气。

暗访局外派成员

曾坚称自己是一个勺子不能离开餐厅，后被暗访局局长发掘开始暗访工作，采访时会用一个钨钢勺代替话筒。

——2XXX 年 8 月 9 日　《新闻暗访局·情感专栏》报道

倒计时

暗访局外派成员

01

天底下的死别是不是都这样我不知道,但是我从小到大几次去过的殡仪馆,都差不多一个样儿。

场面既混乱又有秩序,看似一片悲痛的哭泣声,一群互相搀扶才能站稳的身影,但所有事情总能按部就班地进行下去。

游离在失控情绪之外的,掌局者。

单佑的父母哭了一路,把人推进去的时候,她妈终于承受不住晕了过去,她爸估计也哭得脱力了,一下竟没扶住,两位老人家齐齐跌落在地上,周围的七大姑八大姨也不知怎么个意思,几个人十来条胳膊愣是没能拉起两位老人,倒是约好似的,哭得更来劲儿了。

我上前扶起两位老人家,耳边的哭声变得更清晰了,几乎要钻进脑子里来回撞击。我做了个深呼吸,感觉整个人由心脏开始逐渐变成一块实心的铁,累而沉默。

三天前,我的女朋友单佑死了,我被迫成为掌局者。

事情来得太突然,我没能推掉手头上全部工作,只得白天跑手续,晚上赶工作,还得时不时腾出些精力安慰过度悲痛的亲戚们,整个人忙到没时间产生任何情绪。

不过话说回来,也没什么情绪好产生的。

等到从殡仪馆出来,也把各路亲戚送回酒店了,我长舒一口气,接下来就等两三天后取骨灰了。

那种几近窒息的溺水感终于退去了一点,我站在车水马龙的街道上,喧哗的鸣笛刹车声和谈笑对话声让我感到一种干燥的安全感。

太阳真刺眼。

回到家太阳还没落山,我刚关上门,鞋才脱了一半,就听到一道耳熟的声音:"什么情况,你今儿个下班这么早?"

抬头,单佑端着杯子站在跟前,全须全尾囫囵个儿的。

02

单佑呈现出一种极其脱离现状的傻白甜的状态,面对我的感叹,傻笑起来:"怎么成天说些不干净的话。"

"您可够了。"我下意识地回了嘴,勒令自己继续换鞋,而后便瞧见单佑身下没有影子,顿时起了一胳膊鸡皮疙瘩。

但她好似并没有意识到任何异样,仍黏黏糊糊地学着吴语硌硬人:"唉,凶得来。"

不可能啊。我看着面前这个活灵活现的人。

人是我亲手确认咽气了的,也是我亲眼看着推去火化的。

我鼓起勇气，如同往常一般推开她往里走。触感是热的，也没闻到尸臭味。

她站在那里，笑嘻嘻的，一副一无所知的模样。

那我该如何告诉你，你已经死了呢。

我该如何告诉你，是我把你杀死的呢。

03

单佑是个写小说的。

和我这个起早贪黑全年加班的码农相反，她几乎是长在家里的。每天早上我出门上班的时候，她还在睡觉，晚上累成狗回来，她还在写文。时间最长的交集在床上，但也大多是"一个睡一个醒，两个醒我很累"的状态。

我们的生活一片死寂。

这话是她跟我说的，其实我没觉出什么，顶多瘫倒在床上的时候，会偶尔想想自己是不是快猝死了。

在我们的关系中，她从来都是感性的、细腻的、多愁善感的，这一特质使我长期被他人所羡慕。

我跟她高中相识，那时她每天都会写一首情诗，用信封装好了跑来送给我，而我则回赠一道数学题，计算结果是我们在一起的天数。

到大学，我们依旧保持着我们之间独有的"风花雪月"做派，于是在她的中文系或者我的计院，都很有一些名气。她那会儿就开始写小说了，写的多半是我们之间的日常小事——用我给她做的码字小程序。由于这些关系，我们从校园走向网络，正式成为了坐拥万千粉丝的模范情侣。

总之，在大学毕业之前，她的感性与我的理性始终兼容良好。

于是我便主观地认为，我们的性格天生互补。

错觉。

客厅里的笔记本屏幕亮着，是她正在写的小说，讲的是一个女人如何逐渐沦为怨妇。我趁瘫进沙发的时候仔细看了眼，进度停在三天前。

也就是她死前。

单佑挨着我坐下，递过手上的杯子："喝吗？"

那是她喝了一半的咖啡。

"不了。"我看着她把杯子收回去，继续一口一口小啜。

"晚上不知道该吃啥了，"我佯装随意地问她，"你有什么想吃的？"

她继续喝着咖啡，心不在焉道："随便。不叫转角那家炒面就行，昨天把我油的……"

是了。三天前的晚饭，她吃的是转角的炒面。

死后至今的这一段时间，于她而言并不存在。

"得，那我来做吧，记得家里还囤了点儿菜。"我这么说着站了起来，她的视线随之上升，有种难以言喻的呆滞感。

"怎么了？"

"没什么。"她又低下头，一口一口地喝咖啡。

我看了她一会儿，忍不住说："别喝了，空腹呢，一会儿又胃疼。"

"你知道吗，"她突然停了动作，低着头说，"这是你以前最喜欢喝的牌子。"

我最看不得她这副样子，只得径直去厨房洗菜做饭。客厅里安静了很久,而后响起了敲击键盘的声音。

我们的生活一片死寂。

她说的这句话,忽然又出现在我脑海里。

04

像是蛰伏已久的预谋,我们的矛盾在工作后集中爆发了出来。

首先是争吵。

单佑在大学就一直接稿子,毕业后签了家小有名气的杂志社,开始了家里蹲生涯。而我则和几个同学搞了个小公司,开启了日夜不分的创业之路,忙起来个把月不回家。她对这种丧偶式的生活状态很不满意。几次争执后,撂下狠话,勒令我立马换工作。我当然没法答应这个,只好尽可能地回家陪她,然而生活并没有因此平静下来。

接踵而来的是怀疑。

我不知道是什么时候开始的,只是有次洗完澡出来,发现她没在书房,而是坐在床边翻看我的手机。见我来了,也没说话,仍是面无表情地翻着。我身心俱疲,不想多说什么,就绕过她直接睡了。接下来的日子,她不再满足于翻看手机,开始不断拿一清二白的聊天记录"无中生有",盘问我与他人的关系。最荒谬的是,她怀疑我是个双,跟那几个一起开公司的同学都有不清不楚的关系,理由是我这段时间实在太冷淡了。我不得不向她说明这几个同学都已经结婚了。她听完后长久地盯着我,于是我发现自己挖了一个更大的坑。

果不其然,逼婚。

如果说才刚毕业,或者是工作后的争吵阶段,我对结婚是没什么抵触情绪的。但是闹到现在的情形，我无法接受。我没有她的浪漫情怀，但也有不可违背的原则。我所认可的结婚，必须是双方出于"爱"提出的主动行为，必须是令人期待、充满幸福的，而不是为了自证清白而被迫采取的手段，不是"既然你的同学都结婚了那我们也结婚"或者"你说你没出轨那我们结婚"。

我提议等关系缓和一些，感情状态好一点的时候再结婚。但她不同意，长期的独处已经让她对我毫无信任，她全然被感性的冲动支配了，听不进我说的任何道理。我疲惫至极，经过漫长的对峙，最后对她说："要是以前的你，也绝不会同意在这样的状态下结婚的。"

这句话成了始料未及的最后稻草，我从未见她如此失态。她的眼睛瞬间红了，脖颈上青筋一根根暴起，近乎嘶吼地对我喊："你还敢提以前？我变成现在这样，都是你害的！你有什么资格和我提以前？"

对，是我害的。

我看着她失控的丑态，心里不无难过。单佑在高中的时候就极具创作天赋，连带着整个人都是透着灵气的。

而现在，我想起她正在写的小说，那个女人被丈夫冷落，一步步沦为怨妇的故事。

怨。

她是，我也是。

原来这种情绪从来就与性别无关，只要把人放进既定的环境中，就会得到必然的结果。

原来一开始我就想错了，我们的性格从来都不合适。

疲惫。无尽的疲惫自下而上淹没了我。这种疲惫感从工作后就萦绕不去，但从未如此黏稠而沉重，它将我一寸寸吞噬殆尽，同时也蚕食了我对单佑仅剩的感情。

"对不起，我们分手吧。"

她的脸还因方才的激动涨得通红，但骤变的表情却让人觉得那是惨白的。

我忍不住一再端详她的面庞，而后听到她说。

"不。"

05

去客厅喊单佑吃饭的时候，她仍在码字。剩了个底儿的咖啡杯被放在一边。她很听话，没有再喝了。

我做了几个她爱吃的菜，但她并没有因此开心多少。

不，那与其说是开心，倒不如说是不安。

"吃啊，"我给她夹了块排骨，"这么瘦个人了，怎么跟闹减肥似的？"

她的手微不可见地抖了抖，像是挣扎着想说什么，然而抬起头说的却是："想你喂我嘛。"

笑眯眯的，用撒娇掩盖，避重就轻。

惯用手段。

我并不戳穿，顺着她你侬我侬地喂完了一顿饭。等吃完饭，她主动收拾了碗筷去洗，我望着她的背影，问："今天几号了？"

"28吧，怎么？"

"没怎么，没记错咱们是28号在一起的吧？"我漫不经心地说，"好久没拍照了，等洗好碗，拍几张纪念下？"

她背对着我,声音是雀跃的,而表情不可见:"好啊。"

水流"哗哗"作响。

我是知道的。

我知道她在想什么,也知道她想说什么。

她惧怕我一切突如其来的爱意。我对她越好,她就越不安。

即便只是花半个钟头随便炒几个她爱吃的菜,她也怕这会是分手前的回光返照。

方才饭桌上,我能料到她想问的无非是现在我们关系已经变好了,可以结婚了吗。

可是她必然是不敢问的。

自从我提出分手之后,她就不敢再闹腾了。所有的争吵、怀疑、逼迫戛然而止,隔天早上我醒来的时候,发现她竟已经起床做了早饭,做的还都是我爱吃的,仿佛先前种种不过幻觉。

她开始洗我不愿洗的碗,说我想听的话,穿我挑选的衣服,留我喜欢的发型,看我喜欢的电影,听我爱听的音乐,甚至喝我常喝的咖啡。

她在全方位扮演一个合我心意的角色。

她在讨好我。

真是奇怪,我分明对她已经没有感情了,但看她这个样子,厌烦之余,竟也感到了一丝快意。

我们以这种虚假而和睦的关系长久地僵持着。

洗好碗,单佑换了套衣服,看起来格外重视这次难得的拍照机会。

虽然纪念照可以说是我们之间的虚伪关系最具象化的体现了。

我们拍了我俩面对面工作，我从电脑后探头偷偷看她；拍了她在洗碗，我靠在她身边和她说话；拍了两个人靠在沙发上看电影；拍了我喂她吃水果；拍了我们在浩瀚星空下的深情拥吻……

我们露出自然的假笑，拍了一系列脱离实际生活的生活写照。

06

"我再去写一会儿文，你先睡吧。"

拍完照，单佑靠在房门口对我说。

"好，等我再挑会儿照片发个微博。"我心不在焉地回答。

她笑了笑，关上了房门。

开始了。

我先听到房门传来极其轻微的"咔哒"声，过了许久，又听到中央空调开始运作的声音。

没猜错的话，应该是室内空气循环模式。

我握了握手心，那是我回房间前，在客厅拿的房门备用钥匙。

那篇女人沦为怨妇的故事，我三天前回到家的时候，顺便瞥了一眼。

故事还没写完，光标停在文档最后一句。

怨妇说，我决定杀死我们。

单佑真是天真得叫人于心不忍，她以为清空网站浏览记录就干干净净了。而当天我看到文档后，又翻了翻笔记本，发现了大量查询如何利用煤气杀人的记录，桌面的倒计时便签则格外亲切地提醒我，三天后——也就是28号，是我们相识的8周年纪念日。

从方法到时间，一切都昭然若揭，傻孩子还把想法写进了小说。

于是看到单佑从书房出来倒水，我就先一步把她杀死了。

用她的主意。

我伪造了一起煤气泄漏的意外事故，还在当晚"发现"单佑死亡后，给父亲发了条短信，透露了自己轻生的意向，把老人家吓得够呛，连打了十几个电话确认我没自杀。

网络上追捧我们这对情侣的粉丝痛哭一片，铺天盖地的蜡烛使我确信，单佑的确死了。

她死在三天前的夜晚。

而此刻。

我选了九张拍得最好的合照，想了想，编辑文字。

"最后的纪念。"

保存草稿。

而后我又打开朋友圈，发了条寻死觅活的说说。

做戏嘛，要做就做足。

空气里的甲硫醇气味开始明显了，我前去开房门，果然是反锁的。

我们家的门有些特殊，都是能双向反锁的，不论在哪一边上了锁，另一边都必须用钥匙才能打开——防盗门更甚，还需要指纹。

这还是因为单佑。

当初装修那会儿，她正在写惊悚小说，整个人都沉浸在一种被害妄想的氛围里，天天给我变着法儿安利双向锁的门有多么安全可靠。卖门的听我们说是自己家用的，都把我俩当大傻子偷着笑话。

然而我瞧单佑满嘴跑火车的模样，觉得好玩又可爱，还是都同意了。

谁知道这门头一回派上用场，竟是这样的原因，这样的场合。

我用备用钥匙打开房门，漆黑的客厅尽头，透出一点书房的昏黄灯光。我知道她正在埋头写那篇怨妇的故事，中央空调正在尽力把泄漏的煤气输送到各个房间，她要赶在煤气中毒前把故事发出，而后和我同在纪念日死去。

这是她一贯的做派，极尽浪漫的理想主义。

不得不承认不愧是多年情侣，连杀人都那么默契。

可惜她三天前就迟了一步，现在还是迟了一步。

我对那漏失的灯光点点头，无声告别后，毫无留恋地走出了这个家。

07

我确信单佑是在一刻钟后写完小说的，因为一刻钟后她打来了电话，声音焦躁又愤怒："你去哪了？"

我没有说话。

她又急躁地追问："你在防盗门上做了什么手脚？为什么刷不出指纹了？你从一开始就什么都知道是不是？这样耍我有意思吗？"

"有意思啊。"我靠在防盗门上，想象她在门的另一边束手无策的样子，"我没对防盗门做手脚，只不过反锁了，就像你对我做的那样。只要你手里有钥匙，再刷一刷指纹，就能出来了。"

她大概是又试了几次，经过短暂的沉默，再次崩溃地喊起来："我打不开啊，为什么我打不开！"

"因为，"我叹了口气，低声说，"你已经死了啊。"
已死之人的指纹，哪能管用呢。

我倚在楼道，给自己点了支烟，拿出手机，打开刚才存草稿的那条微博。

"最后的纪念"。

依旧是九张照片，但每张的单佑都消失了。原本两个人的合影，只剩我一个。

这些我与单佑共同参演的虚伪生活照，终究变成了我独自对着空气的自导自演。

我按下了发送键。

好吧，我这样告诉自己，我又一次杀了她。

"叮咚叮咚"，手机响了。

单佑刚死三天，关注度特别高。微博刚发就有无数人来转发评论。

但我没看这个。

还剩半截烟。我扔到地上，仔细踩灭了，确认一点火星都不剩之后打开防盗门，冲着扑面而来的一氧化碳呼出一口吞云吐雾的烟。

偌大的空屋一片漆黑。

我穿过这团烟雾，开了几扇窗。夜风汹涌而入，我在黑暗之中凝望星空。

08

"嘀"。

持续的叮咚声之间,突兀地响起了一声不同的提示。

啊,我想起来了。
为了以防万一,趁单佑洗碗时,我在她的笔记本上做了点小手脚。
当她把那篇最后的小说发上网站的时候,将会被中途拦截,并转到我的邮箱。
权当是看她的遗言了。
我这么想着,百无聊赖地打开了邮件,接着之前的那句继续往下看。

怨妇说,我决定杀死我们。
可是怎么办呢,她想,我已经死了啊。

汹涌的夜风突然停滞了。
或者说,空气里甲硫醇的味道突然清晰了。

我盯着这句话,盯着这句话的每个字。
无数的猜测在我脑海里沸反盈天而又销声匿迹。
一片死寂之中,我终于听到了一个细微的声音。
那是始终隐匿在叮咚作响的手机提示音之后,厨房煤气灶倒计时点火的声音。
倒是忘了这个,我感受着夜风拂过手心冷汗的凉意,笑了。
这个同样因为单佑而购买的,可以设定时间,自动点火的智能煤气灶。

但是我显然来不及想更多了。

蹿起的火苗迅速席卷了空气里残存的每一丝一氧化碳,巨大的光亮炸裂在我眼前。

而我在看清它之前,就已坠入黑暗之中。

男子误入传销组织，却因太能吃被赶出。

一男子误入传销组织，但因拉不到下线，而且太能吃，被传销头目暴打一顿后赶出组织。

暗访局外派成员

老鼠吱吱

《暗访局行为规则指南》编撰者，但《指南》在局内并没有人遵守，仅受到局长一个人的大力支持。

——2XXX年6月30日　《新闻暗访局·前线调查》报道

在传销组织蹭吃蹭喝攻略

老鼠吱吱

暗访局外派成员

警告：本攻略具有一定风险性，所引起的种种后果自负。本攻略所有解释权归攻略作者所有。

本人在年轻时走投无路加入传销组织，之后混迹各大传销组织蹭吃蹭喝，收获谩骂暴打无数。最耀眼的战绩是成功反洗脑过组织头目（后洗心革面成为小饭馆老板），写下这篇攻略不图名利，只是给大家做一份参考。

或许有人会问，你为什么不举报给警察。

实话说，我举报过不止一个，因为有些传销组织的伙食，实在实在是太差了，简直是猪食。但没什么太大作用，除了被骗来的新人，其中大多数人抓了放出来后还是会继续。贪婪常常会使人愚蠢。

所以我们进入传销组织的根本守则就是：不图暴富，只要吃饱，力求吃好。以下是我总结出来的攻略步骤。

一 发现传销组织

要进去蹭吃蹭喝，首先得进去，要知道传销的特点是什么，不然要是真混进了什么大公司开始每天工作就不好办了。

　　传销的本质是"庞氏骗局",做局人给受骗者以高利息的承诺,但是事实上并没有任何增值的项目,然后用后来的"投资者"的钱,给前面的"投资者"以回报,也就是"拆东墙补西墙"。所以一定要擦亮眼睛,不收"入会费"和不让你"拉下线"的组织通通不要去,那些都不是传销,去了蹭不到什么吃吃喝喝的。

　　但是如何找到这些组织呢?
　　一个很大的问题是传销很爱"杀熟",常常是熟人介绍,要是没这方面的人脉很难进。
　　在这里我讲讲我一战成名的案例。
　　那次是熟人将我带进了组织,那时我一米八,两百斤,走在路上两个男人都拉不动我,我手张开愣是比面前传销头目的脸还大。
　　头目是个南方人,鼻梁上架着一副眼镜,表面看上去斯文。我感觉拍他跟拍着玩一样,他瞧见我这体格就有点发愣,不得不说,那之后是我在传销组织里待得最舒服的三个月。

　　而另一条进入传销的路则是上各大招聘网站,这里信息鱼龙混杂,需要我们好好筛选。
　　一般来说打着"国家搞试点""特许经营"的旗号,工资开得非常诱人,超过市场平均水平,有很大概率就是传销组织的招聘广告。只是我们不能如此草率,还需要去网上查一下公司信息,要是资质不够或者是查询到跟传销有关的信息,那就十拿九稳了。
　　接下来只需要打电话,作出求职心切、急需暴富的样子,自然有人会通知你到一个极其偏僻的地方面试。
　　好一点的传销组织会开辆面包车来接你,也有的会通知你更改面试地点,让你步行去一个更加偏僻的地方,也就是传销组织的总部了。

二 进入传销组织

现在你到了传销组织的门口,请按捺住你激动的心情,别太兴奋了。

你面前是普通得不能再普通的小区、楼房、办公楼等等,你会接触到两三个传销人员——而且大概会有一个长相不错的异性。

这种小儿科的美人计是在侮辱我们的智商,是对我们吃垮传销组织事业的侮辱。

进入单元楼,前方第一个考验正等待着你。

在这里简单科普一下传销的分类,早些时候分为南北两派。

南派传销是不怎么控制人身自由和手机通信的,常常以家庭为单位,进行一对一洗脑。这种不是我们的目标,我们要进就进北派传销,人员集体居住,集体活动,这样才会一起吃饭。北派传销常说的"五级三阶制"(或它的种种变种)是他们的一种奖励制度,生活环境不怎么好,不过都到这里来蹭吃蹭喝了就不要讲究那么多了。

不过现在南北派有融合的趋势了。

第一个考验是"入会费"。

这费用肯定是拿不出来的,按我的经验就是,态度一定要好,让打电话就打电话,让发微信就发微信,但是一毛钱都借不到,银行卡里就是一分钱也没有。

这段时间通常会挨打,偶尔也会被关小黑屋,不过他们也不会干得太极端过火，引人注意。

唯一一次没挨打就是进入小眼镜头目的组织，很大一部分原因是没人打得过我，个个瘦得像排骨。我在里面三个月没拉来一个下线，小头目天天上火嘴角冒泡。

只是去火的雪梨汤总是被我抢得一滴不剩。

在一般组织里，一定要表现出"我虽然没有钱但是我可以拉人进来"的态度，但拉不拉得到人就只有天知道了。

这段时间可以大吃特吃了。

米，并不会是什么太好的米，不过旁边超市促销的话会有些质量还行的，油水不多，基本上都是素菜，但不要挑食，这对健康有好处。

肉类很少，新人来的时候会做一次场面，这时候一定要精准地夹到埋在重重辣椒下的五花肉。

多吃米饭多吃米饭多吃米饭！切记，菜是限量的，饭是不限量的！敞开肚皮吃不要钱的米饭，更香甜。

这些年我的体重持续上涨，不得不说传销组织功不可没。

到了信任阶段，这时候看管监视你的人没那么严了，毕竟我们看起来完全没有想要逃跑的意图。这是最惬意的阶段，每天吃住不愁，让拉下线的时候也好办，满嘴跑火车，让人觉得不那么靠谱就是了。

熟人意味着你熟悉他，也会知道什么样的话是他不会相信的。

三 吃垮传销组织

这是最后一步，我们和短期饭票传销组织都要迎来这个注定的结局。在我多年的蹭吃蹭喝史上，只有那次是传销组织头目求我离开。

"你走吧，真的，你这脑子实在不适合做这行。"头目拉着我的袖子就差没当场流泪了。

我大义凛然地摇头："哥，我知道我笨，你教我，我忠心耿耿，你说什么就是什么，我就是你发财路上的砖。"

"有你这么能吃的砖吗？！"他小声嘀咕，碍于我的体积不敢动手。

小头目在"励志会"上分享他的"成功经历"。这个故事是这样的：他曾经一贫如洗，家中拮据，自从发现了这个发财机会后，人生走向了辉煌……

他正讲得泪水在眼眶里打转，突然呵斥道："有些人！注定发不了财！他没有心！"

我连忙停下嗑嘴里的瓜子，左右看看是哪个不长心的家伙。

小头目摔了话筒就走了。

我赶紧把剩下的瓜子全部装进口袋里。

平心而论，这个传销组织的档次还是不错的，组织活动常有一些零食水果，我最爱他们开活动。但是后来不允许我参加了，我只能躺着睡觉。

好在醒来后就有晚餐吃了。

警察来的时候，我正在检查米桶里的米还剩多少，正准备再偷吃一个番茄，没想到门就被一脚踹开了。

"警察同志，你听我说，这人来了快四个多月了，一分钱饭钱没交过，一个人都没拉过来，别人吃饭按碗吃，他按锅吃，还要我们多换几种素菜！让他走，他还不肯，一定要赖在我们这里……"

至今我还记得头目一把鼻涕一把泪，在看守所控诉我的场景。

唉，是有点儿过分了，正是冬天囤膘的季节，那家简直是传销届的良心。不仅有荤有素还有汤,味道也不错,我就没能控制住。

　　出派出所时我忍不住对眼镜头目说:"别做传销了,我觉得你开个饭店真的会有前途的。"

　　他一愣,没好气地赶我:"快滚快滚,你别想到时候又跑来蹭吃蹭喝。"

　　回到正题,大家吃垮传销组织的时候不必有心理负担。之所以是骗局,正是因为有一天会破灭,当做局者无法再支付自己说好的高利息回报时,所有之前说好的一切都将轰然倒塌。那些不切实际的暴富梦想,衍生的暴力与痛苦,以及做局者的处心积虑都会迎来他们各自的结局。

　　而我们所能做的,就是在这条路上,再多吃上一碗米饭。

一男子因同行的不靠谱，
多次进入警察局

一男子因同行的不靠谱行为，被警察盯上，成为警察局的常客。

暗访局外派成员

暗访局"侠义派"协会会员，喜欢喝酒吃肉，曾因暗访时跟被采访者一起喝酒耽误写稿被作风会黄牌警告。

——2XXX 年 7 月 10 日 《新闻暗访局·要闻聚焦》报道

探云手

闻舟

暗访局外派成员

01

我是个贼。

我和师父第一次参加盗神大会,还没找到报名的地方,就被人偷了手机。

师父解释说他看美女分了神,我说我可不信,我仔细看了,当时街上根本没有美女。

师父说:"你能不能别说话。"

我说:"哦。"

我说:"师父,咱要饿肚子了。"

师父说:"咋了?"

我说:"我的钱包也被人偷了。"

师父的脸色立刻变得很难看。

02

师父也是个贼。

师父说:"没关系,他们能偷咱们的,咱们也能偷他的,咱们的祖师爷可是贼祖宗。"

师父说的那个祖师爷叫白玉汤,江湖人都叫他盗圣。皇宫里的九龙杯,杜十娘的百宝箱,还有药王谷的不老丹,都是他偷的,名气大得很。他的绝技就是传说中的探云手,探云手一出,隔空取物,移山填海,无所不能。

师父说:"你就瞧好吧。"

那一日,我从清晨等到傍晚,饿成了一张纸片,也没等到师父偷来一张饼。

我对他说:"师父,我饿。"

师父挠挠头,说:"你不会要饭么?等一下我去给你偷个碗,你准备准备,要饭吧。"

我气得两眼一黑,晕了过去。

03

我叫白小飞,师父叫红鹿元,师姐叫红绫,是师父的女儿。

我从小就父母双亡,跟着一个老要饭的长大,后来老要饭的在冬天被冻死了,我就拿了他的铺盖和碗,后来遇到了师父,便跟了师父。

师姐比我大一岁,比我早入门十年,三岁就开始练习轻功拳脚和吐息纳气。我十三岁才开始拜师学艺,筋骨都硬了,师父说无妨,拉开就好了。

师姐压在我的身上,抻我的筋骨,我疼得龇牙咧嘴的。

师姐说:"咱们盗圣一派属于飞贼,飞贼就得腿上功夫好,去十八里铺给我买个包子。"

我说:"没钱。"

她打了我的头一下:"没钱,你不会偷哦!真是笨死了!"

我说:"我不会。"

师姐说:"我教你。"

04

师姐走到包子铺里,要了一盘包子,然后把我留在了那里,店家说不付钱不让走,我只能洗盘子还钱。

我洗了一下午才哭哭啼啼地回到家,师姐在等我,桌子上有两个包子,是给我留的,我一边吃,一边哭。

师姐说:"你学到了吗?"

我说:"啥?"

师姐说:"你看,就算你一分钱都没有,我依然从你身上偷到了两个包子,是不是很厉害?"

我说:"厉害。"

师父使劲儿敲了她的头。

05

我基础打得差不多了,师姐也开始教给我一些门派内的武功,比如飞檐走壁,转移行人的注意力,还有割包。后来我长大一点了,她就教我探云手。

师姐的武器是一柄柳叶刀,刀薄如蝉翼,晶莹剔透,刀的尾部系着一条长长的红绫,刀身在月光下可以看到一个展字。

这把刀，割破了很多人的口袋，我和师父才有饭吃，可师父总是叹气。

师父说："在我们这一派，有三不偷，你一定要记住。

"第一，鳏寡孤独者不偷。

"第二，贫苦濒死者不偷。

"第三，亲近者不偷。"

我说："师父，那你为啥让师姐偷我的碗？我觉我就是个贫苦的人。"

师父说："那是练手，练手你懂不懂？"

我说："不懂，你不要解释了，你就是指使师姐偷我的碗了。"

师父说："滚出去！"

06

三年的时间一晃就过去了，我和师父师姐三个人相依为命，师姐学东西很快，偷东西干净利落，下手时让我给她望风，最后偷到的东西交到师父手里，他去找人换钱，然后我们立刻赶往下个地方。

我也知道了我们盗圣一派和盗神一派几百年的积怨，知道遇到他们得绕道走。

师姐渐渐长高了，长得越来越好看了，有时候我就想，仙女是不是就长这样？

师父整天忧心忡忡，叹气的次数也越来越多了。

我不知道师父在担心什么，也不知道为什么师姐闷闷不乐，只觉得他们俩有事瞒着我。我问师姐，师姐摸摸我的头，一句话没说；我问师父，师父把我凶巴巴地赶了出来。

我只能孤独地坐到天亮。

07

师父最担心的事情终于还是发生了。

我被师父从被窝里拽起来,一起火急火燎地赶过去。

师姐一大早上就去偷东西了,我睡得太死,没给她望风,结果遇上了黑吃黑,被人抓起来了。

我和师父去看她,她被人绑在椅子上,头发披散开来,浑身淤青,看样子吃了不少苦,我怒目而视,师父让我不要轻举妄动。

绑架师姐的是盗神一派的人,几百年前,我们祖师爷为了洗白,搞死了自家兄弟;祖师爷的娘为了给儿子洗白,也搞死了盗神的师父,这一下子结了仇。我们自知理亏,现在见了盗神一派的人,都是躲着走。

盗神的掌门人叫姬东,师父进去跟他谈条件,对方开出了要拿盗圣的玉牌来换,师父阴着脸走出来,路上一言不发。

我说:"师父,你能不能把玉牌给他,我们可以没有玉牌,但我们不能没有师姐。"

师父说:"我没有玉牌。"

我说:"玉牌呢?"

师父说:"被偷走了。"

玉牌是被盗神一派的人偷走的,他现在开出这种条件,无非就是想羞辱师父。我很气愤,推门便走,师父问我去哪,我说我要去救师姐,师父一伸手,我被定在原地。

接着他从袖子里拿出了一个告示,说:"这才是他们开出的条件。"

上面写着几个大字：盗神大会。

而上面的奖品，就是盗圣的玉牌！

我倒吸一口凉气。

这盗神大会相当于贼界的武林大会，当年祖师爷就是在这上面一战成名，拿到了盗圣的称号。后来盗神被盗圣所擒，他们姬家一直不甘心被我们门派压在下面，现在就是在全天下人面前，讨回脸面的时候。

师父说："他不是想羞辱我，而是想羞辱我们整个门派。"

师父慢条斯理地把告示收起来："走吧，你师姐还等着这块牌子呢。"

然而，到那里的第一天，我和师父就被偷得身无分文，吃饭都成了问题。

08

这盗神大会虽然已经停办了十几届了，但一恢复，立刻就得到了贼界大人物的鼎力支持，参赛选手也是藏龙卧虎。我和师父接下来格外小心，剩下的东西没有再丢。

我们经历千辛万苦终于报上了名字，师父说："光复师门，救你师姐，就在这一仗了！"

但是第二天的场景，却令我和师父大吃一惊。

第二天我陪着师父去了比赛场地，我一进去就惊呆了，这里面真的是……一言难尽。

我一进门就看到,有卖大白菜的,卖鱼的,还有卖牛的,耍猴的,我有点傻眼,跟师父说:"来错地方了?"

师父摸着下巴:"应该没错啊。"

我们找到大赛的组织人员,组织人员也是一脸蒙,说这个地方本来是抽签决定的,没想到刚好赶上了集市。

看他一脸蒙的表情,我觉得有点不靠谱,把师父拉到一边:"师父,这能行吗?"

师父仰起头:"试试吧。"

比赛规则颁布了,很简单,就是不管啥方法,只要能在一个小时内偷够一千块钱,交到工作人员手里,就算过关了。

我举起双手:"师父,看你的了!"

师父说:"滚。"

师父首先把目标定在卖白菜的身上,他先是踩点,又观察了一阵,然后跟我说:"我觉得他身上没一千块钱。"

我点点头,竖起大拇指:"我也这么觉得,要不考虑一下那个耍猴的?"

师父说:"猴子这种畜生,天生警觉,非人类能及,若是侵入领地,它可能攻之。"

我说:"你能不能好好说。"

师父说:"我怕它挠我。"

经过半个小时的思考,我们把目标定在卖牛的身上,如果把牛偷走,这笔账就稳了。

师父说:"到时候,你就负责吸引卖牛人的注意力,我钻到牛下面,扛起就跑,我轻功很厉害,楚留香也只有在我顶风不穿鞋的情况下才能追得上。"

我说："好。"

接下来就开始实施这个计划，我装成一个外地人来问路，师父在一边见机行事。

"师父，七侠镇是在这不？"

我跟大爷聊天。

卖牛的大爷嘴里叼着一根草："哪在这儿，还离着好远。你说你年纪轻轻的，不去大城市，来我们这小地方干啥？"

"大爷，我第一次来，也不认识谁，能不能给指一下路啊？"

"指啥指，你打个车不就到了？你说你年纪轻轻的，不看地图就算了，连个车都不会打？"

我都快哭了，大哥啊，你就指下路能怎么样啊。

我叹了口气："大爷，不瞒您说，我身患绝症，临死之前就想去一趟七侠镇，您就给我指一下路吧！"

大爷上下打量我："想不到你年纪轻轻就得了绝症，行了，我就行行好，给你指一下吧，不过咱可说好，我指路得收费。"

我说："行行行，不要命就行。"

大爷从牛背上下来，走到我面前，牛在他身后。他指着老远的一个镇子："你瞅，那就是七侠镇。"

待在不远处的师父眼睛顿时放光，冲过来钻到牛底下，扛起来就跑，我还没反应过来，师父已经跑出两米有余！

果然是好轻功。

我正在惊叹之际，师父再次迈开步子狂奔，步履矫健，身形帅气，哪像我的师父啊！

等会，牛后面是什么？

我一看牛的后面居然是个大爷，他身上拴着的绳索连到了牛身上，现在师父扛着牛，他相当于被牛拖着走。

我闭上眼睛，强忍笑意，这这这……哈哈哈哈！

师父也发觉不对劲，转头一看，大爷把脚上的鞋一脱，一抬手就扔了过来："你个龟孙儿，敢来偷东西！"

师父一个闪身躲过去，这身手顿时让围观群众鼓掌。

大爷在后面喊："抓小偷啊，他要偷我的牛！"

围观群众也明白了怎么回事，纷纷开始追击，我也跟着跑，师父在前面扛着牛跑得飞快，后面是狼烟滚滚的吃瓜群众，我们从东集市跑到了西市，最后师父实在是吃不消了，把牛一扔，一脚飞檐走壁，翻出了这个地方，我则是早早到了外面等他。

师父出来之后，灰头土脸，一言不发，我跟他后面，就想笑。

师父仰起头："想笑就笑吧。"

我说："师父你信我，我受过师姐的严格训练，多好笑的笑话都能忍得住，甚至连一丝丝的情绪波动都没有。"

师父说："道理我都懂，你先从树上下来。"

我说："师父，这不能怪我，方法是咱们两个人想的，就应该一起承担。"

师父说："好。"

我下来之后，被师父追了八里地。

09

但是比赛还在继续，师父说："集市不能回去了，但是我们还要把钱凑齐，你说我们应该怎么办？"

我说："前面有个村子，我们可以去看看。"

师父站起来,远眺:"不行,那里面都是留守老人和儿童,我们有三不偷,这是祖训。"

我说:"那怎么办?这荒郊野岭的,除了树,就是水泥路,总不能把这水泥路偷走吧,要是师姐在就好了,她一定能偷到东西的。"

师父正在沉吟:"等会,你说啥?"

"我说师姐在就好了。"

"上一句。"

"总不能偷这水泥路……"

师父一砸拳头:"就这么办!"

我目瞪口呆。

接下来,师父就用探云手把这些路面都给敲下来,然后找了一家石料厂,毕竟师父销赃有经验,很快就卖掉了,我觉得师父不干这一行去干销售也没问题。

但是我们一出门,就看到了一辆警车,车上下来两个警察。

警察出示了一下证件:"同志,我怀疑你和刚才发生的公路偷盗案有关。"

这么快就暴露了?

我急忙看了一眼师父,师父向前走了一步:"对的,他就是和公路偷盗案有关。"

师父指指我。

"不是,这……"

师父跟我耳语:"现在时间来不及了,你赶紧去挡一阵,我赶往比赛,不然有可能被淘汰了,比完赛我去捞你。"

我满眼泪水,这师父……真的坑啊……

警察问:"他说得对吗?"

我吸了一口气:"对,这件事是我干的。"

警察说:"好,跟我走一趟吧。"

我坐在审讯室里,警察跟我面对面:"你偷公路什么目的?"

我面无表情:"卖钱。"

第二天,我就上了早间新闻。

10

他们谁也没想到,我还是溜出来了,趁着他们换岗的空当,我用探云手开了锁和手铐跑了出来,毕竟是盗圣的门徒,逃跑的本事还是一流的。

我一路跑到决赛场地,听说后来的几场淘汰赛,师父一路过关斩将,斗志昂扬,什么夜明珠、翡翠玉器,都是手到擒来,一度大优势领先同组对手。

决赛是在一个大广场举行的,我举着旗子赶过去的时候,广场上已经人山人海了,我拼命地挤进去,只见到在广场中心站着四个人,师父也在里面。

他瞄到我后大吃一惊,不过很快就镇静下来。

台上四个人互相背对着,然后面朝不同的方位,闭着眼睛,气定神闲。

他们都是从几万人里挑选出来的,每一个人都是江湖上顶级的大盗,神通广大。

在不远处的看台上,则是坐着四个人,他们虽然穿着便服,却都带着黑色的披风,每件披风上,都有竖着的两个大字。

无情。

铁手。

追命。

冷血。

我心说这盗神大会怎么出来四个神捕,这不是明摆着要把我们一网打尽吗?

正在我狐疑之际,紧接着又是一阵锣响,一个有名的大盗走了出来,他先环视一周,示意大家安静下来,他为大家讲解规则。

"大家不要担心,场上的四位大人,乃是我们江湖人士伪装而成,并不是真正的四大名捕,只是为了气氛,特意变装。"

此话一出,众人纷纷安静下来,原来是盗版。

决赛的规则很简单粗暴,就是在场的四位决赛成员,一人要在应付一名神捕的情况下,还要把藏在广场里的玉牌偷出来,谁拿到玉牌,谁就是这一任的盗圣,时限为一个小时。

这个消息一出,顿时哗然,谁也没想到盗圣的玉牌居然藏在广场中,纷纷开始寻找看看能不能捡个漏,主持人按照前几轮积累的排名,开始宣布第一个上场的名字。

"第一个上场的是——一点没!"

众人倒吸一口凉气,没想到第一个上场的就是江湖上这么有名的大盗———一点没。他行事作风诡异莫测,很少有人能见到他的真容,传说这个人作案有个习惯,只要有看上的东西,就凌晨一点去偷,别的时间就算是摆到他的面前,他碰都不会碰,所以老是有人在一点没东西,人们送了他个外号叫"一点没"。

一点没作风狠辣,诡计多端,警察局对他发出了通缉令,逮捕了他三次都让他逃了,没有人知道他如何逃走的。

他的作案工具是两根银筷,可不要小看这一双银筷,它在一点没手里可是极其诡异,有人见他用一双银筷偷过某个大商贾含在嘴里的金牙。

一点没全身罩在黑纱里,面朝东方,听到主持人叫他,他一甩黑纱,旋即露出一条粗壮的大腿,上面裹着红色的丝袜。众人一愣,只见一点没满脸油腻地走上台,对着四位名捕勾勾手:"你来呀,来抓我呀!"

居然是个人妖!

四位神捕顿时面面相觑,然后立刻不约而同地摆手摇头。

这个场面顿时让所有人都抚额,原本还想看看这个江湖上名气正盛的大盗会有什么样的火花,没想到一上来就是个人妖,这立刻倒了一片。

一点没很生气地翘起兰花指:"哼,一群怂包!"

四位神捕你推我让,半个小时之后,身披铁手披风的神捕站起来,低着头,目光躲躲闪闪。

"那……我当你的考官吧……"

一点没眼前一亮,上下打量了铁手一番,点点头:"那你要温柔点呦。"

"咚!"

鼓声一响,考试马上开始!

铁手朝着一点没抓过去,一点没一身宽阔红衣,迎着铁手就奔了过去,铁手一个没留神,抓到了一点没身上,一点没旋即轻嘤了一声,铁手顿时面如土色,迅速放开手,一点没不依不饶,铁手哪见过这个,扭头就跑。

接下来就看到一点没追着铁手跑了半个小时,铁手最后跑不动了,回头一拳打在一点没的鼻子上,把他打晕了,接着铁手立刻冲出了广场,扎进了旁边的喷泉里。

众人瞪大眼睛,谁也没想到,这第一个挑战的居然是这么个情况……

主持人打了个哈哈,简单地串了下词,紧接着,第二个挑战的是南方飞贼代表的神秘人物,他在这次大赛中排名第二,也是个极其危险的人物。

他缓缓地走上台,摘掉了面纱,众人瞪大了眼睛。

没想到声震南方的大盗居然是一个和尚。

这个和尚隐藏得很深,平常人也许根本看不出他是一个和尚,如果不是他的头上有三十多个戒疤,怕是大罗神仙也是难以辨认,虽然不知道在受戒时发生了啥事,不过让人印象深刻的是他的身高,只有一米四。

我踮起脚往里面看,只见他和神捕无情对位,锣声一响,两人便飞快地斗起来。只见他伸手一挥,顿时一个深不见底的井口出现在了广场中央,众人一惊,一个颤抖的声音从人群中传出来:"这难道是传说中的背井离乡?"

背井离乡是南方和尚的独门绝技,他的神通十分特殊,无论什么时候都能召唤出一个深不见底的井,只要遇到危难,他便一头钻进去,从事地下工作,安全又方便。

这一招果然高明!

不一会儿,就看到人群中有一个人猛地被拽到了地底下,然后赤身裸体地被扔上来,大概是南方和尚开始寻找玉牌了,这下人群中人人自危,谁也不想惹这个从地底下冒出来的和尚。

无情也意识到这是个难缠的对手,在他攻击第三个人的时候,无情果断出手,把昏迷中的一点没给他塞了进去。

紧接着一个人影从地底下直接蹦了出来，大吼道："无情你不要脸！"

南方和尚，败！

11

众人纷纷开始重视起这个赛制来，原本以为找玉牌是最难的，没想到现在的几位选手，竟然在四大名捕手中都撑不下三招，这可是奇耻大辱。想当年六扇门追盗圣，可是追了好几年都没有成果，贼界已经凋零到这种地步了吗？

众人纷纷屏息凝视，剩下的只有师父和姬东了，盗圣的名号距离师父越来越近了。

我屏住呼吸，更加紧张了。

接下来挑战的是姬东，他掀开面纱，和他对位的是神捕冷血，他的方式简单粗暴，先和冷血打，打完之后再去找玉牌。

虽然这个方法很实用，但是是为贼界所不齿的，你这样做和强盗有什么分别？我们贼用的是巧劲儿，不是像强盗一样到处去抢。

姬东和冷血打了一个小时没有分出胜负，被淘汰。

最后轮到了师父，也只剩下一个追命了。

师父掀开黑纱，看着追命，又看看人群，说："这样做有意思吗？"

追命说："你什么意思？"

师父站在原地，勾勾手，追命眼神凛冽，顿时按住了自己的衣服，他的衣服上印出了一个圆形玉佩的形状。

"隔空取物？"

追命冷哼一声，伸出手，做出和师父一模一样的手势，我顿时惊呆了，这个手势只有我们盗圣一派才会用，我简直不敢相信自己的眼睛。

师父哈哈大笑，左手作龙爪状，身体就像一阵风，向着追风袭去，眨眼间，金玉交戈，众人惊呼，不知道发生了什么，可我的心里却是惊涛骇浪。

探云手！

只有盗圣一派才会用的探云手！我倒退两步，不敢相信自己的眼睛，盗圣一派被黑道排挤，只剩下我们师徒三人，一人是师父，一人是师姐，一人是我。

我的探云手，是师姐教的。

师父与追风背对而立，师父双手如白玉般晶莹剔透，追风只有一只手晶莹剔透，师父的手里拿着一块玉，一张面皮，师姐的手上有师父的血迹。

师姐问："你什么时候发现我的？"

师父说："别忘了，你的易容术还是我教的。"

师姐说："对不起，我是个官。"

师父说："我是盗圣。"

师姐冷笑："那你不还是个贼。"

师父也笑。

师姐问："你笑什么？"

师父说："还好你不是。"

随着师父的身体轰然倒下，顿时场馆里乱成一团，不知道从哪里来的成千上万个警察控制了现场，警察拿着枪和防爆盾顶在前面，上面有直升机，外围有狙击手，任你是神仙，也跑不出去了。

我看着师父倒下,心里顿时如同碎裂了一般。我拼命地跑到台上,抱住师父,师姐在旁边冷冷地注视我和师父。

一个警察走过来,师姐指着我说:"他是盗圣的徒弟,把他抓起来。"

我被铐起来的时候,突然想起了她的那柄柳叶刀,那一抹红绫,我就想,怎么会变成这样了呢?

可是一切都太晚了。

12

我和师父被押送回去,师姐开车,副驾驶坐的是姬东,一路上,师父和师姐再也没有说过一句话。

审讯室里,姬东负责审问我们,他冷笑:"没想到吧,几百年前,你们的祖师爷为了洗白,不惜牺牲自己的同胞,事到如今,你落得这个下场,也是因果轮回,怪不得旁人。"

师父说:"红绫还好吗?"

姬东说:"好,好得很。"

师父说:"那就好。"

然后他转过头:"你看,做贼没好处的。"

我说:"哦。"

"你不该回来。"

姬东说:"你还有什么遗言赶紧说吧,看在同是黑道的分上,我帮你记一下。"

师父说:"我能见见红绫吗?"

姬东说:"当然可以。"

姬东出门,红绫进来,她还是那么美,可她已经变得我越来越不认识了。

她走进来,坐在我们对面。

师父说:"对不起。"

红绫说:"你为什么要道歉?"

师父说:"我不是故意瞒你的,只是怕你知道之后,接受不了。"

师姐说:"一开始确实接受不了,可我还是慢慢接受了,人啊,总是比想象中的坚强,很多事都觉得自己受不了,可要真到眼前的时候,也就能受了。"

师父说:"那就好,那就好。"

师姐说:"我能问你一句话吗?"

师父说:"问吧。"

师姐说:"当初为什么把我从姬家偷出来?"

师父说:"并不是偷的,是你父亲亲手把你交给我的。你从小就体寒,怕是不能平安长大。你的父亲找到我,希望能用我们两派的内力温养你,你那个时候那么小,见到我就抓我的手,我和你的父亲都没有门派之嫌,便约定将你共同抚养长大。

"后来你的父亲出了车祸,你弟弟姬东只知道有你这么个姐姐,却不知道缘由,你一天天地长大,我也不知道何时告诉你,这么些年,我早把你当作了自己的女儿,怕一说出真相,你会接受不了,所以一直没有告诉你。"

师父仰起头:"可是我万万没有想到,这件事居然会发展到这个地步,红绫,这么多年,除了这件事,我没有一点对不起你啊……"

师姐眼圈泛红:"你说的可是真的?"

师父笑了笑:"是不是真的都不重要了,只要你能在阳光下长大,我便再也没有什么遗憾了。"

审讯室里一时间十分安静,师父和师姐互相不说话,我突然想起以前师姐偷来一个包子,我们三个人一起吃的场景。

末了,师姐说:"你还有要说的吗?"

师父说:"把你小师弟弄出去吧,他是无辜的,他什么都不知道。"

师姐说:"哦。"

我突然号啕大哭:"我不走,我要陪师父。"

师父说:"我当时把你留在警察局,是不想你蹚这浑水,没想到,你还是来了。"

我说:"师父,我不想走。"

师父没有说话,闭上了眼睛。

可是那一天晚上,我和师父就分开了。

13

一个月后,我出狱了,我不知道师姐做了什么,只知道我再也见不到师父了。

我看着外面的世界纷纷扰扰、热闹非凡,可那么大的世界,我连个容身之地都没有。

我回到以前住的地方,所有的东西都被扔出去了,什么都没剩下。

我闭上眼睛,这些年的经历历历在目,仿佛幻灯片一样从我面前闪过,好像是一场梦,时候到了,梦就该醒了。

我回到了火车站,那里早就物是人非了。在那里讨饭会被清理,我只得跑到一个村子口,在那里活着,师姐说得对,我确实除了讨饭什么也不会。

日子一天天过去，我活得越来越像老叫花子了，虽然有一身的手艺，可我还是觉得讨来的饭好吃。

一日中午，我正在门口，突然来了一个姑娘，头发用红绫扎起来，她站在我身边，说："你有吃的么？"

我摇摇头。

她说："你不会偷吗？"

我说："这个村子里的人都是留守老人和儿童，我们盗圣一派虽然不是什么名门正派，却也有三大不偷。"

她说："这样……"

她的眼帘低了下去，我站起来，不知不觉，我已经比她还要高了。

我说："你等我一下，我是盗圣的徒弟，我肯定能偷到东西的。"

她没有回答我，我转过身，疯狂地四处寻找，可是这个荒郊野岭的地方有什么东西值得我偷呢？我陷入了巨大的沮丧中，在我发愁之际，我突然看到了眼前的公路，我眼前又浮现了那一天师父用探云手将那条水泥路一点一点拆掉的情景，我做了同样的事情，然后把它运到了一个地方换了一点钱，买了一份肯德基。

等我回来的时候，师姐的泪掉进了碗里，我把东西给她，她接过来，又笑了。

我说："你真没用，给你吃的就笑。"

她说："我好想师父。"

我说："我也是。"

天边的晚霞如火一般，我们两个坐在路边，就像以前偷溜出来玩一样。

一男子为吸别人家的猫擅闯民宅，并在第二次闯入后被捕。

一名男子为了吸猫闯入别人家的房子，并表示猫与自己有与众不同的联系，该男子在第二次闯入后被捕。

暗访局外派成员

曾获得"脑洞星吸猫杯"第一名，暗访局"爱狗不如爱猫"协会创始人，家中养了十几只猫，自封"金牌铲屎官"。

——2XXX 年 7 月 28 日　《新闻暗访局·情感专栏》报道

他是一只猫

暗访局外派成员

01

"哎,警察叔叔,不是,警察哥哥,警察兄弟?你相信我,这次真——的不是我干的。"坐在我对面接受审讯的青年脸上堆满了笑容,一看就是在社会上闯荡了几年的滑头。

"不是你干的?"我翻着手中的资料,漫不经心地反问了他一句。

程雷,二十五岁,曾因入室盗窃进过一次监狱,但是因为盗窃数额不大,蹲了几个月也就出来了。这还没出来多长时间,前一阵子又私闯民宅,但因为屋子里虽然被翻得乱七八糟却没有丢东西,房主又怕麻烦,这事也就不了了之了。这次又因为在公共场所举止怪异,被执勤的警察注意到,正准备叫住他进行询问时他竟然直接跑了。

这还能不追?几个警察当时就追了过去,据那几个人说,这小子当时也不知道是喝了酒还是慌了神,居然歪歪扭扭地跑到了富人区,又直接砸了一家的窗户闯了进去。

他们在门外喊了几声，但没人应答，由于担心房主的安危，就直接破门而入了，可房子里静悄悄的仿佛空无一人，等到他们找到这小子的时候，他居然趴在卧室里，满眼迷茫地看着他们。

我合上手中的资料，抬眼望向他："执勤的警察可是亲眼看着你闯进了人家的屋子，监控里也清清楚楚的是你，这么多双眼睛看着呢，不是你，那是谁？"

"警察哥哥。"听到我这么问，他向本就无人的四周望了望，然后一脸神秘地往前探了探身体。

"别，别叫哥哥。"我摆摆手，往后靠了靠，"叫同志就行。"

他撇了撇嘴，压低声音说道："警察同志，这事说出来你都不会信。"

"不信那就别说了，"我拿起资料，做出起身的动作，"人证物证都有，先不说你偷了什么，就凭私闯民宅这一条，你这罪呀也不难定。"

"别别别。"听到这他有些着急了，"警察同志，那你听完可别说我瞎编啊。"

"你说吧。"我没有给他答案，重新坐回椅子上，拿起笔准备记笔录。

"其实那家有只猫，而在抓到我之前，我的身体里是那只猫，而真的我在那只猫的身体里，直到刚刚才换回来。"

我停下手中的笔，看向他的眼睛，试探着问道："你是说……你和一只猫互换了身体？"

"对对对，"可能是没料到我没有直接反驳他，他的语气很是惊喜，"就是这个意思。"

我转了转笔，调整了一个舒服的姿势斜靠在椅子上："说说看。"

02

"我第一次看到那只猫的时候,它正眯着眼睛侧躺在路边的草坪上晒太阳。"他眯着眼睛,脸上写满了回忆,"它橘白相间的柔顺的毛在微风的吹拂下轻轻抖动,再配上午后阳光的照耀,让我觉得它仿佛吸收了太阳的光芒。"

"你知道吗?"他突然睁大眼睛看向我,脸上露出惊喜的神色,"那只猫躺在地上,就像一个特大号的没煎好的煎蛋!"

他说到这里,眼睛转了转:"我能要个煎蛋吃吗?"

我反手叩了叩桌面:"你以为警察局是什么地方,还管送外卖?往下说。"

他不好意思地揉了揉肚子:"我有些饿了,这当人还真不如当猫;我做猫的时候,即使是躺在那,都有人给我喂吃的。"

"你是怎么和猫互换身体的?"虽然不太相信,但我确实有些好奇,便直接问了这个问题。

"这得慢慢说。"他舔了舔嘴唇,"那时候我还以为它只是一只普通的猫。"

"除了胖点,"他低头嘀咕了一句,"那是真胖啊,怪不得都说'橘猪橘猪'的。"

"上次闯入这家的也是你?"我想起上次的案件,问道。

"对对,"他点头,"就是这家的猫嘛。"

"不不不,"他又像想起了什么般猛地摇头,"我什么也没拿,应该没什么大罪吧。"

"行了,往下说吧。"我做着笔录,"房主没丢东西,也就没有追究。"

"哦——"他松了一口气,"那次本来我都进去了,也找到了一些东西准备拿走,就在这时,我听见从我背后传来了一声'妙啊'。

"我当时都要吓死了!手上东西也撒了一地,四处看看却只有那只橘猪,不是,橘猫。"

"妙啊?"听到这里,我有些失笑,"你是不是听错了,是猫在喵喵叫吧?"

"哎,我起初也以为是这样,就随便回了它一句'喵',捡起东西准备走,"他接着说道,"也不知道我和那猫说了什么,那猫居然说人话了!"

"咳,"他说到这,停顿了一下,"我下次再也不和猫搭话了,警察同志,你想想,万一你真说了什么猫的语言,猫不也得吓一跳?就像是猫走到你身边和你说了一句'大兄弟呦',可怕不可怕?"

可怕?不知为什么,我的脑海里首先浮现出糙汉子猫把手搭在我肩上用雄厚的声音喊"大兄弟"的情景,然后被成群结队的猫耳女仆娇羞地说着"主人喵"的形象淹没,不可怕不可怕。

"它说了什么?"我干咳了一声,顺着他的话问出来,也赶走了我脑内猫耳女仆的形象。

"那只猫先是像人那样站了起来,"他眼睛微眯,直直地盯着我,营造一种恐怖的氛围,又刻意压低了嗓音,"然后它直接问道,'愚蠢的两脚兽,愿不愿意与朕互换几天身体?'"

"所以你就直接答应它了?"

"答应它?"他像看傻子一样看着我,"警察同志,你好好想想,一只猫,它突然说了人话,你肯定是先被吓到然后想把它抓起来卖钱嘛!"

"被吓到到是可能的,可把它抓起来卖钱就不太好了吧?"我端起水杯喝了一口,"然后呢?"

"然后它就走过来抓住我的裤腿,趁我还没反应过来的时候像爬树一样爬到了我的肩上，我们四目相对，就像那种言情剧里的剧情，我和我女朋友都没那么浪漫过。"

"你还有女朋友？"

"没有。"他突然显得很委屈，"不说这个，我们四目相对之后吧，我就感觉这猫的眼睛真好看，就盯着看了一会，然后感觉一阵眩晕，也不知道发生了什么，就看见自己的身体走了出去。"

"就这样互换身体了？"

"就这样互换身体了。"

03

"看着自己的身体走出去还是挺奇怪的，尤其是当他迈着猫步走出去的时候。"他揉了揉鼻子，低声说道。

"你没去追？"

"没追上。"他吸了吸鼻子，"我一开始不习惯用四条腿走路，摔了好多次。

"我变成猫以后啊，"说到这里，他又来了兴致，"觉得世界一下子变得不一样了，所有的东西都变大了，那些平时注意不到的角落，也都变得特别好玩。

"我先是蹦到床上睡了一觉，那床真软啊，我都没想过世界上能有那么软的床。"他又小声嘀咕了一句，"真是贫穷限制了我的想象力。

"我还到电视上趴了一会呢，"他嘿嘿笑着，"感觉还不错，就是硌得慌。也不知道其他猫都是怎么住的。

"之后我就出门了。"他歪着头回忆着，"我是从二层的窗子处跳下去的，像飞似的，还一点事都没有。那感觉可真——爽啊！"

我假意咳了两声，把他从爽的感觉中拉回来。

他清了清嗓子："那时候都是白天了，我想着出门转转，看能不能碰上自己的身体。

"刚拐进一条巷子，就碰上了一群流浪狗。"想到这里他又笑了起来，"其中一只像是头目的狗走了过来，冲我喊了一句，'旺旺'！我还以为自己能听懂了狗语，它在跟我拜年呢！"

"猫能听懂狗语？你这样怕是要挨打吧？"

"嘿，我还真差点挨打了。"他摸了摸脑袋，"我刚跟他喵喵了两声，想说句不必如此多礼，那狗就冲过来要咬我。

"可我是猫啊，当时我是撒腿就跑，跑了几步就跳到旁边的平台上了哈哈哈，那群傻狗跳不上来，在下面急得直转圈，我就在上面对着它们放屁，噗——噗噗噗——"

他乐得不行，但看见我没什么笑容之后就尴尬地收敛了笑意："额……我也没有什么事可做，就在太阳下走着，也不知道过了多久，就闻见空气中的饭菜味越来越浓，我就饿了。

"应该是到午休时间了，我看见两个穿校服的小姑娘走过来，我故意跑到她们旁边喵喵叫，一个小姑娘注意到了我，眼睛都放光了，她拉了拉另一个的袖子，'你看，是猫哎。'另一个小姑娘其实是个傲娇，这时候倒是没什么大反应，就冷淡的'哦'了一声，还小声地说，'小心有寄生虫。'

"她才有寄生虫呢，还好那个小姑娘没听她的话，还蹲下来摸我，把我摸得怪舒服的，我就用脑袋蹭了蹭她，又喵喵了几声，还顺势舔了舔她的手表示我饿了。她就真的拍了拍我的脑袋然后站起来说，'我去买根火腿肠给你，你就在此地，不要走动。'这时候那个傲娇拉住了她，'不能吃那些的，得去买猫粮。'"他变着语调，说得绘声绘色的，好像两个姑娘就在我的面前。

"在我一个人生活之后，就没享受过叫几声就能有东西吃的生活。"他又叹息了一声，"外卖除外，不过我也没什么钱叫外卖。"其实猫粮还……挺好吃的。"他舔舔唇，"后来她们就走了，我吃饱了以后又转了几圈也没找到自己的身体，就回去了。

"傍晚时候我就直接蹦到床上准备睡了，闭上眼睛还没多长时间，我就听见'哗啦'一声，像是玻璃碎掉的声音，然后外面就乱糟糟的，像是有东西乱窜的声音还有人在喊着什么，之后就看见那只猫，也就是我的身体啦，迈着猫步向我跑过来，我还没弄清它又想干什么，就是一阵眩晕，然后就回到自己的身体里了。"他看向我，"然后警察就闯进来把我抓过来了，我真的什么都不知道。"

04

我点点头，起身走出门，进了另一个房间，又顺着房间内的人的目光盯着监控画面上的程雷看了一会，转向他："你看问题严重吗？"

身旁的精神科医师把视线从监控画面转移到我的脸上，皱了皱眉："还是有些不太确定。"

他掏出一包烟："可以吗？"在我点头后他抽出一支递过来，"来一根吗？"

我摆摆手，又翻开资料。程雷，曾因偷盗钱财被判入狱，警察抓到他时，他正在宠物医院抱着一只生病的猫。

他和那只生病的猫一样无精打采的，头发乱糟糟的，也不知道粘了什么，胡子也不知道几天没有刮了，好似使了全身的力气才抬起眼皮看向警察，轻飘飘地说了一句："钱是我偷的，但可以等一会吗？"

只是猫病得太重,并没有救回来,他进了监狱以后也变得神经兮兮的。

"为了一只猫,至于吗?"我合上资料,继续盯着显示屏。

"最后一根稻草。"医师瞟了资料一眼,吐了一口烟圈,又眯着眼睛看烟圈消散。

"对了,刚才房主来过了,我们问过他了,他说家里什么也没有丢,也没有养过猫。"

一农场主为表感谢将消防员救出的小猪制成香肠送给消防队。

消防队员在火灾中救出了18只猪崽，农场主为了表示感谢，后将长大的小猪做成香肠送给了消防队员。

暗访局外派成员

曾坚称自己是一个勺子不能离开餐厅，后被暗访局局长发掘开始暗访工作，采访时会用一个钨钢勺代替话筒。

——2XXX年6月22日　《新闻暗访局·城市纪录》报道

一只猪的奇妙冒险

暗访局外派成员

01

柯利福先生看着眼前循环播放的《小猪佩奇》,苦不堪言。

他百无聊赖地扒拉了一下蹄子,身旁的亮亮立刻发现了他的动作。

"嗯?饿了?"

他疯狂摇头,两只耳朵啪嗒啪嗒地来回扇风。

"想上厕所?"

他继续摇头,脸上的肉跟着一抖一抖。

"啊!我知道了!你是不是想看你最喜欢的重庆话版《小猪佩奇》?"

亮亮恍然大悟地一拍大腿,眼睛发亮望向柯利福。

柯利福瞪着对方的双眼,气得直哼哼。

在短短几天时间里,面前的这个人,亮亮,通过与他不厌其烦的鸡同鸭讲,成功带领他看完了《麦兜系列》《猪宝贝》《三只小猪》等"猪系"动画。

目前正在三刷《小猪佩奇》。

……为什么！就因为他是一只猪吗？！

人还换着花样看看《动物世界》呢！讲点猪权吧大哥！

然而柯利福先生这一次的抗议仍是以失败告终。他望着屏幕反光映出的自己的脸，苦不堪言。

那是一张愤怒的猪脸。

02

旁边的亮亮看了看他扭曲的脸，不明就里地再补一刀。

"你看起来挺高兴的！"

你看起来像顶着个猪脑！

柯利福气得快爆炸，但他只能隐忍不发。他不敢再做什么了。他深深记得自己昨天忍无可忍地爆发了一回，结果被亮亮拉着愣是看了一个钟头的《致富经之养猪十年，只赚不赔》。

说是要帮助他化解一下乡愁。

……你清醒一点！没有一头猪会怀念劳什子养猪场的！

何况追根溯源，他也并不是一头真正意义上的猪。

03

这个事情，简单地说，是这样的。

六个月前，小镇东面的一个小型农场发生了火灾，在消防员的及时救援下，成功救出了被困火场的两只老母猪和18只小猪崽。

农场主对消防员表示非常感谢，在后续调查中，通过并未被火灾波及的现场监控发现,起火原因是一只花斑小猪崽偷溜出猪圈玩儿,意外导致电线短路,火花点燃了满地的稻草。

这只肇事的花斑小猪崽,是18只小猪崽里年龄最小的那只,农场主亲切地称呼它为小十八。

而这位农场主,就是柯利福先生。

那是一个风和日丽的下午。

柯利福先生终于修好了被大火烧秃的猪圈。

他满意地扫视一圈,看见罪魁祸首小十八正缩在角落里,便拎起它,对它进行了一番语重心长的教育。

"唉,小十八,你可做个人吧。"

小十八"哼哧哼哧"地转着尾巴。

下一刻,柯利福觉得脖颈一痛,像被人拎着似的。

再抬头,自己的大脸正对在他面前。

那张脸与他面面相觑片刻,接着手一抖,把他甩回了稻草堆。

柯利福从稻草堆里七荤八素地爬起来,注视着"自己"连滚带爬地跑出了猪圈。

……还"哼哧哼哧"的。

如他所言,小十八果然做了个人。

柯利福低头看着自己突如其来的蹄子,久久不能接受事实。

这瘟猪崽子跟他换了个壳。

04

小十八在柯利福的身体里如鱼得水、炉火纯青。

它还吃水不忘挖井人，在猪圈搞了台电视，带领全家人——包括柯利福先生，一起看剧。

……也莫名其妙的是个猪系题材，叫《春光灿烂猪八戒》。

这样的日子持续了一阵。

柯利福先生试了各种各样的办法，别说换回身体，连钻出猪圈都没做到。

而小十八显然不想跟他换回来了，从喂食到打扫，从未和他有过任何语言交流。

柯利福先生每天吃了睡，睡醒了看剧。他注视着小十八成天忙于打理农场的大小事宜，忙得脚不沾地，他的心里逐渐开始松动。

猪和人的差别，到底在哪里呢？

柯利福先生并不是一个有大追求的人，一直以来，他只想把农场经营好，过上平淡安稳的日子。他对于饮食或者环境没有什么要求，所以来到小十八的身体后，也很快适应了猪圈。

而细想现在的日子，有吃有喝，悠闲自在，这和他追求的人生岂不是不谋而合吗？

他甚至连繁杂的农场事务都不用管了。

柯利福先生心中隐约觉得这样的想法有些不对劲，但还没等他想明白，小十八来找他了。

05

"你已经两百多斤了，是个大猪崽了。"

六个月之后，在夏夜的星空下，小十八和柯利福坐在草坪上促膝长谈。

柯利福不明白小十八想说什么,他甩了甩尾巴。

草坪上蚊子好多。

可小十八没有再开口。

它长久地注视着他,用柯利福的面孔。

这本该是柯利福最熟悉的一张面孔,可当他浑浑噩噩地过了六个月之后,却恍惚感到陌生。

漫长的沉默后,柯利福太久没有运转的脑子终于迟滞地动了一下。

两百多斤,是时候出栏了。

说得直接一点——他快被宰了。

柯利福先生一屁股弹起来,撒丫子狂奔。

"……快拦下那头猪!"

小十八指挥着农场的雇工,眨眼间就拦下了夜色中宛如炮弹的柯利福。

"你是不是还以为我要找你换回来?"小十八笑眯眯,"交换是不可能的,这辈子都不可能交换了。我再也不想做猪了,托您的福当回人,这才过上了像样的生活。"

柯利福气到猪叫。

第二天一大早,柯利福就被送去了一家叫作"对酒当鸽"的烧烤店。

"做成烤猪或者香肠都可以,"小十八这样交代老板,"总之弄死就行。"

而后它来到五花大绑的柯利福身边,悄悄对他说:"好好享受最后的生命吧,我会把你送给消防员以示感谢的。"

06

小十八很快地回家了。

彼时柯利福先生以为死期将至，正心如死灰地横躺在地上，突然从门外走进个眼熟的人。

"爸爸，这是今天要宰的猪吗？"那人这样问老板。

"对，你把它拉去后面吧。"老板答道。

柯利福被那人拉着一路往后走。

他一再辨别，确认这个人正是当初来他农场救火的消防员。

"头一回宰猪，多担待啊。"亮亮看了眼这只不时昂头打量他的猪。

他从消防局退役了一周，暂时还没找到新工作，就来家里开的店帮忙了。

柯利福先生走投无路，开始疯狂哼哼。

他隐约记得当时来的那几个消防员里，有个特别爱哼《小猪佩奇》主题曲的。

荒腔走板地哼完半首，眼看刀都快落下，亮亮才终于后知后觉地意识到面前这只猪在哼歌。

"爸！"他当场表演了什么叫手足无措，把杀猪刀丢了又捡起，盯着柯利福疯狂跳脚，"爸你快过来！"

而后，或许是由于人猪之间无法逾越的鸿沟，或许是猪蹄这种既无法打字也不利于写字的反知识构造带来了太大阻碍。

在柯利福终于争取到一小桶水，在地上用蹄子划拉出三个字"我是人"之后，亮亮与他的老父亲惊喜对望："这只猪还会画画！"

亮亮父子用自家的猪肉做成香肠,给了小十八。

而他坎坷的猪生进入了一个新篇章。

柯利福麻木地望着开始第九次洗脑循环的动画片。

"大家好,我是来自重庆的荣昌猪。"

……他开始觉得《致富经》也挺好看的了。

07

好在这种稀有物种级别的宠物待遇没持续多久。

几天后,亮亮搓搓手,很不好意思地问他:"那个……猪兄弟,你介不介意给我们烧烤店打打广告?"

柯利福先生点头如捣蒜,能让他有点儿别的事做,别说打广告,叫他当场转性表演母猪上树都可以。

广告任务很简单。

亮亮在店门口铺了老大一张纸,指了指店名"对酒当鸽",想让柯利福照葫芦画瓢地在纸上写一遍。

柯利福先生当着里三层外三层围观群众的面,笃定地点了点头。

然后用蘸了墨水的蹄子,在纸上一笔一画地写下三个大字——我是人。

这回大概都能看清了吧。

群众哗然,有人手中的东西落到了地上,骨碌碌地滚到他面前。

一捆香肠。

柯利福抬起头,看到了久违的"自己"。

小十八。

08

小十八拿到那几捆香肠的时候心情有些复杂。

严格来说,这是它自己的尸体。

但它很快就把这层情绪揭过去了。它带着香肠,去了趟消防局,分完发现还剩了一捆。

有个叫亮亮的消防员退役了。

于是它又打听到他现在的住址,才发现就是自己委托制作香肠的烧烤店。赶过来,正看见那头猪当众写字,写的还是"我是人"。

他不是早死了吗,它想。

亮亮还在盯着"我是人"三个字愣神,冷不防地上滚过一捆香肠。

他顺着香肠抬头,看到了一张叫他尴尬的脸。

"真是不好意思,"他对那位农场主说,"我们看这头猪很聪明,就擅自留下来当宠物了,没有及时告知您真是太抱歉了。"

"没关系,"小十八故作镇定,"现在大家也都看到了,这头猪绝不只是聪明,而是得了妄想症,难道我们不该立刻杀了这头妄图做人的猪吗?"

柯利福先生气得边哼边写字,洋洋洒洒地把真相写完,往旁边一站,等待大家的反应。

"好像真的有点精神不正常,你看它这画的是个啥?"

"练,练字吧?我也搞不懂了。"

……这破猪蹄写的什么猪爬字!

小十八眼前胜券在握,便又主动撤回一步。

"既然你们把它当宠物养,肯定是很喜欢它的。那要不这样,现在暂时不杀它，我先把它带回农场，之后怎么处理我们再找时间商量。"

孰料亮亮毅然决然地一摇头。

"不行，擅自留下他是我们不对，我可以现在就给你赔偿，但猪兄弟你不能带走。"

"可它有妄想症啊！很危险的！"小十八急了，"你看，它都写'我是人'了！"

"胡说！"亮亮指着那三个大字，"这分明是一幅画！"

一旁围观的柯利福都忍不住"哼哧"了一声，这个人的傻远超他的想象。

一番争夺，最后亮亮还是保住了柯利福。

"一位爱看《小猪佩奇》的猪兄弟，怎么会有危险呢！"亮亮对小十八信誓旦旦。

小十八僵持了一会儿，还是离开了："那好吧，我明天再来谈这件事。"

柯利福先生又回到了烧烤店的后屋。

牵他进来的亮亮关好房门，转过头。

"你叫什么名字？"

柯利福一时没反应过来，只眨着小眼睛望向亮亮。

"我是问，你原本的人类名字是什么？"

09

亮亮开始怀疑那头过分聪明的猪，是从他送完香肠开始的。

那天父亲终于制作完成了农场主柯利福要求的香肠,托他送货。起初一切都很顺利,直到那位农场主跟他告别的时候,很轻微地发出了两声哼哼。

简直像猪一样。

"你明白你很难再回到原本的身体了吗?"

确认过面前这头猪就是柯利福之后,亮亮这样问他。

柯利福沉默良久,点了点头。

当初的交换源自他的一句"做个人吧",按照这样推测,如果要换回来,得让占着他身体的小十八心甘情愿地说一句"小十八,你可做头猪吧"。

几近天方夜谭。

柯利福先生又想起自己当初的困惑。

猪和人的差别,到底在哪里呢?

现在亮亮已经知道了他的身份,不会再按着他看猪系动画了,他甚至可以利用这具猪的躯体,造一个"高智商猪"的噱头,给自己和烧烤店捞一笔不菲的收入。

他大可以用这笔钱委托亮亮给他物色一个好的住处,达成他平淡安稳的人生追求。

好像境况比当初在猪圈还要好些。

柯利福想不明白。他决定暂时不想这个问题了。

毕竟身边终于醒悟的亮亮按了一下遥控器,放起了他俩都爱看的节目。

那可是他久违了的橄榄球赛啊。

10

隔天亮亮带回了一个不太好的消息。

"小十八好像下血本了。"他说,"它把农场的几十头猪全卖给屠宰场了,筹了好大一笔钱,打算就你的所有权跟我们打官司。"

柯利福愣了下。

倒不是因为官司。

他终于意识到猪和人的差别在哪儿了。

不论小十八换到怎样一个人的身体里,也不论他柯利福被换到猪的壳子里、马的壳子里,或者老鼠的壳子里,永远都有一样东西不以躯壳为转移,是他有,而它没有的。

那是一个很庞大的词。

人性。

柯利福调头就走。

亮亮急忙抓住他:"别逃了,逃是逃不掉的。"

柯利福不屑地"哼哼"两声,抬起蹄子,在亮亮给他新买的大型键盘上踩了几下。

"逃什么逃,赶紧去街头卖艺赚钱打官司啊!"

波澜不惊的电子音还没结束,柯利福已经甩着尾巴出了门。

亮亮抱着键盘追出去,差点被电线绊一跤,手忙脚乱。

"……为什么你这么熟练啊!你街头卖过多少次艺啊!喂你等等我!"

女子减肥未瘦,借酒消愁醉倒在路边,后跳水自杀因太胖浮起被救。

一女子每天锻炼减肥一斤没瘦,借酒消愁醉倒在路边,后跳河自杀,因为太胖浮起被救。是什么造就了她坎坷的减肥路?

暗访局外派成员

暗访结果中常带有胡说八道的故事,但因其一本正经的表达竟长期未被发现。

——2XXX 年 8 月 20 日 《新闻暗访局·传奇人物》报道

被人嫌弃的法器的一生

暗访局外派成员

01

神州大陆上,总是不缺修炼成仙的传说。

数不清的传说中,人们听说了数不清的法器。它们上天入地无所不能,刀枪不入助人飞升,是修真故事中最不可或缺的一分子。

今天的主人公,凝脂,就是一件法器。还是一件好厉害好厉害的法器。

02

故事要从千年之前说起。有善用火者陶安公,六安铸冶师也,一日冶炼之时突然火气发散,紫气冲天,不多时,一只朱雀停在冶炼炉上,对着吓得趴在地上的陶安公说:"安公!安公!你的冶炼炉通天了!七月七日会有条赤龙来迎你!"

到那日,果然来了条赤龙,城里几万人欢送他骑龙而去。

《搜神记》中写到这里，故事就结束了，但陶安公的炼器生涯才刚刚开始。他身为凡人时就炼出了可通向天庭的紫火，入了修真界后更是一发不可收拾，以火入道，短时间内成了修真界最炙手可热的炼器师，所炼的法器一件难求，最后更是成了一代传奇。

陶安公是个念旧的人，开宗立派之后，时常回想起自己在凡间的日子，想起街坊邻里，想起自己骑龙而去那天，城中的万人为他祭路践行。仙人长生却薄情，不如凡间暖人心。

陶安公决定炼就一件顶尖法器回馈凡间。于是，他倾尽毕生所学，集九昧真火，打开通天紫金炉，炼成了一件形状莫测的法器。

法器名曰"凝脂"，由陶安公用自身血肉炼成，可与任何人签订契约，与器主合二为一。一旦签订契约成立，它的器主可以立刻从无灵根的凡人进入炼气期，而且此后修炼事半功倍，只要自己不放弃，百年之内便可结丹。

只是没想到，这件修真界众人趋之若鹜的法器，在凡人界却被闲置多年。因为一旦凡人签订契约后反悔，中途切断契约，将法器逐出体外，便会修为全无，根基全毁，折寿二十载，丧失七情六欲。

修真之人情欲浅薄，为了提高修为无所畏惧，在绝对实力面前一切困难都显得无足轻重。陶安公在修真界多年，遗忘了凡人的心思有多么复杂。

凝脂刚出现在凡间时，凡间最鼎盛的修真世家有个幺子，在万众瞩目中出生，却是个全无灵根的废柴。家主知道凝脂的消息后大喜，如果得到它，就可以让他的小儿子一步踏入修真之途。为了得到凝脂，这位家主用尽手段，最终打探到了消息，却发现另一个世家也打探到了凝脂的消息，并且抢先一步和这件法器签订了契约。

人心正是如此，可能原先想要夺取宝贝的心思并不是那么急切，可是一旦得知有其他人和自己抢，那么得到此物的决心就会成指数级上升。

这位家里小儿子不成器的家主也正是如此。他并不是什么心性坚定之人，否则也不会多年修为毫无长进，在家里只做一个管事的家主。

对凝脂势在必得的家主倾全族之力对上了对方的家族，两家开始了持续十几年的大混战。对于凡人来说，十几年几乎是半辈子，更别提这十几年中两家的青年才俊死的死，伤的伤，结下了血海深仇。最终，他们终于找到了那个拥有凝脂的人，却发现他早已死去。

原来，这人在看到两家的争斗后，深感这件法器是个祸害，就想将凝脂交出以避免更多无意义的牺牲。没想到，他原本就体弱多病，是个活不了几年的病秧子，将凝脂驱出体外之后，折寿二十载，来不及交代遗言，就直接一命呜呼了。

他死后，两家的冲突再次升级，一方是因为仇恨，一方是为了夺宝，最终打了个两败俱伤。

03

话说凝脂的原主死后，因为一己贪心引得两家都付出了沉痛的代价的家主，想要把凝脂拿来用，但是对方与他有深仇大恨，又怎么会让他如愿？所以竟然没有一个人愿意告诉他跟凝脂结成契约的方法。他又用了一番严刑逼供，才得到了想要的答案，让凝脂和他的废柴儿子成功签订了契约。

而他的废柴儿子，虽然没有灵根无法修炼，却也是个有着正常道德观的人。

得到凝脂之后，他夜夜做噩梦，最终忍受不了内心的负罪感，中断了契约，驱离了凝脂，留书一封，让父亲不必找他了，自己上了五台山剃度出了家，从此青灯古佛，超度亡魂，了此残生。

家主早已把得到凝脂变成了心中的执念，这下一生所盼化为泡影，一时想不开吐了血，病重期间被家族旁支趁机夺权，最终满怀愤怒和不甘，病死在了床上。

两家的战争以这种方式落下了帷幕。

自此之后，挑起事端的这方对凝脂避而不谈，拥有凝脂的一方也视其为祸患，再加上之后修真世家的势力渐微，知道凝脂的人越来越少，直至近代之后，这件威力无穷的法器几乎无人知晓了。

04

21世纪，科技理论已经占领了这个世界，在文艺作品之外，再无人知道何为修真，何为法器。

李阿玉，一个普通的小姑娘。她有着雪白的皮肤、乌黑的头发、大大的眼睛、鲜红的嘴唇，自从她出生之后，她的妈妈就坚持对外宣称自家有白雪公主血统。

总而言之，她是个家世普通，但是颜值高得不寻常的小姑娘。

人们往往会对自己本来所拥有的视而不见，反而对自己没有的东西不停追求。

李阿玉正是如此。她从小就漂亮，偏偏脑子很一般。不论是兴趣爱好发展还是各项考试，她的表现都既不垫底也不拔尖。

这没什么，全球有好几亿人都是这样的水平，没什么与众不同的。

但正是这点"没什么与众不同"让她耿耿于怀。出挑的外表使她希望自己同时拥有出色的智商，这点小小的愿望到了她的青春期，更是发展成了希望自己能拥有"非比寻常的超能力"。

还有人曾说：梦想总是要有的，说不定哪天就见鬼了呢？

时光流逝，李阿玉长大了，从一个小美人出落成一个大美人。经过了这么多年，她的想法也变了，变得更消极了。

她认为自己的外表成了负担，不论她做任何事，旁人都会认为她是依靠外表取得的成就，而忽视了她付出的努力。因此她对自己的外貌既骄傲又怨恨，每天向天祈祷，愿意用自己的美丽作交换，以获得令人惊叹的超能力。

一天晚上，她喝多了。

那天是他们班级聚会的日子。大学的酒桌是一个向成人社会稚嫩模仿的舞台，他们也许学不会象牙塔外的酒桌上那些熟练的虚情假意，但是学喝酒却学得很到位。

她所在的班级是个大班，有五六十人，坐了五六桌。同学们出于或艳羡或嫉妒或龌龊的各种心思，不约而同地给李阿玉灌酒。

没一会儿，她就醉了。

她虽然醉了，但是没有失去意识，等到聚会结束，拒绝了所有说要送她回寝室的人，独自一人走在夜里的小路上。

夜色深沉，寒风彻骨。

她紧紧身上的衣服，酒醒了一些，想起每个学校都有一个乱坟岗的传说。

突然，她的脚步踉跄了一下，被脚下的一个不明物体绊倒在地。

阿玉愈发紧张起来，从衣兜里摸出手机，手又凉又抖，好几次没能解开锁屏。等到她将手机解锁，打开了手机的手电筒功能后，她才看清，绊倒她的是一片瓦。

一片残破的琉璃瓦。

手机发出的光在瓦片上如水珠一般一晃而过，很快被黑暗吞噬。她低头伸手去摸，锋利的边缘不仅划破了她的指尖，也割断了一缕从前额垂下的头发。

极珍贵宝物的开启条件，不仅需要连心指尖血，还需要开启人最宝贵的一件东西。

对于年轻貌美的熬夜少女来说，发际线附近的头发可以说是非常宝贵了。

李阿玉坐在地上，手里突然多出了一个纸杯子。

她看到杯子上写了两个字——"奶茶"。

如果不是这天晚上她喝多了，如果不是她又冷又惊脑子不清楚，如果不是之前她有过太多自己会成为被上天选中的宠儿的幻想，那么，她也不会拿起这杯来历不明的"奶茶"喝上一口。

事实上，她当真喝了决定她人生的奶茶。

她不知道的是，她脚下的这片土地，埋葬了一个曾经辉煌一时的修真世家。

她同样不知道的是，法器凝脂，可以幻化成任何样子。

这一晚，她举着一杯来路不明的奶茶，在寒风中吹了个透心凉。

紧接着，一阵不符合常理的酒劲上涌，她断片儿了。

第二天她在自己寝室的床上醒来。寝室里空无一人，清晨的暖光透过单薄的窗帘照进小小的屋子里。

她坐起来，适应着清晨的光线，这时一个声音在她的头脑中响起："美女，修炼成仙了解一下？"

05

凝脂，世上顶尖的法器，有着自己的器灵。

凝脂的器灵是逐渐成长的，一开始既不知道外面发生的事情，也不会说话。后来，它逐渐开智，知道了外面所发生的一切，但不能表达自己的意见。现在，它可以和器主沟通了，到了未来，有可能还会凝出灵体。

此刻，它在和李阿玉沟通，试图说服她和自己签订契约。

它的开场便是："修炼成仙了解一下？"

李阿玉伴着宿醉之后的头疼，整个人是蒙的，自言自语道："我酒还没醒吗？"说完，她又倒下，自顾自睡了起来。

凝脂心想：……行，看在你长得好看的分上，我再等你到回笼觉睡醒。

两个小时后，李阿玉终于被饿醒了。窝在被窝里，她思考了一下早上，哦不，应该是中午要吃什么的问题。

不如来杯奶茶吧？

"奶茶"这两个字立刻让她回忆起了前一天晚上发生的事。

"你终于想起来我了。"凝脂在她脑子里慢悠悠地说。

李阿玉惊讶地问："昨天晚上我是怎么回来的？"

凝脂虽然没有身体也感到了一阵无力："你不问我是什么，也不问怎么修炼成仙，为什么只问最不关键的问题……昨天晚上我看你坐那儿半天不动，身后有个男人一直在徘徊，不知道是不是不怀好意，你实在不清醒，我就直接把你弄晕了，操控你的身体让你自己走回来了……"

李阿玉又惊讶地问："你怎么知道我住哪儿？"

凝脂感觉自己都快凝不起来了："你真的不关心一下关键问题吗……好了好了，我是在你的记忆里找了一下，就知道你住这里了。"

李阿玉听到了它的回答，也没有发表什么意见，直接出门买吃的去了。

等她吃完了一份麻辣香锅，擦了嘴，这才恍然大悟地问起凝脂："你是谁啊？真的可以修炼成仙吗？"

原谅宿醉后的人吧，她不是淡定，她只是反应慢。

凝脂详细地向她解释了自己的身世，刚说到和自己签订契约之后可以百年之内结丹，李阿玉就打断了它，说："好！我签！"

凝脂很高兴她愿意和自己签订契约，毕竟有了主人它才能更好地成长，只是它也有自己的道德观，它还是要和这个姑娘说清楚："如果你和我签订了契约，我就会进入你身体的各个角落，你虽然变强了，可是同时你会变丑，并且，一旦签订契约后反悔，中途切断了契约，将法器逐出体内，则会修为全无，根基全毁，折寿二十载，丧失七情六欲。你真的想清楚了吗？"

变丑？她阿玉最不怕的事情就是变丑。

就这样，在满是麻辣香锅味儿的狭小寝室中，李阿玉和法器凝脂签订了契约。

第二天，因为承受不住过于充沛的力量和凝脂对她身体的改造，她晕倒在教室里，被紧急送到医院。

再后来，同学们只知道她办了休学，被家人接回了家。

一年的时间很快就过去了，这个学校里的人渐渐遗忘了曾经有个过分美丽的姑娘，名叫李阿玉。

一年之后，当李阿玉再次回到校园，谁也认不出她了。

因为她胖了。

06

为什么凝脂要叫"凝脂"?因为它是陶安公用自己的血肉炼成的脂肪。

不知道当初陶安公到底安的是什么心,炼成凝脂究竟是为了回馈社会还是为了减肥,事实就是所有和凝脂签订契约的人都会变胖,力量越是增长,肥肉越是嚣张,钢铁硬汉变成笑面弥勒,花容少女变成热带野象。

李·野象·阿玉。

之前她预想的情况是,这个听起来很厉害的法器会让她面容扭曲,没想到结果是五官未变,整个人像吹气球一样发福。若不是之前有住院的经历可以推说是用药的原因,她真的不知道该如何和爹妈解释"他们天生丽质难自弃的女儿因为喝了一口奶茶就胖了五十斤"这件事……

但是不重要,她要做仙女了,没有什么比这更让她高兴的了。

她坚持修炼,无视别人的眼光和亲戚的指指点点,每天都告诉自己"我已经是一个仙女了,本仙女不和这些凡人们一般见识",在绝世法器凝脂的帮助下,力量增长飞快,一年就有了别人一甲子的修为。

在家的时候,她很少出门,接受外界的评论太少。

回到学校之后就不一样了。阿玉活了这么多年,第一次感受到周围人对她体型的评判是多么重要。

不论她有多么惊天地泣鬼神的修为,只有瘦子才能叫仙女,她这个体格的,叫"力拔山兮气盖世"。

同样撂倒夜市偷钱包的小偷,瘦姑娘撂倒小偷之后能获得一片

"小姐姐好帅"的赞美,她撂倒小偷之后只会被赞一声"壮士"。

同样在考试中考了第一名,瘦姑娘考第一名叫"天才美少女",她考第一名叫"那个学习好的"。

同样是和别人一起去饭店吃饭,大家问瘦姑娘的都是"这些你爱不爱吃",问她都是"这些你够不够吃"。

以前她又瘦又好看的时候以为自己的外貌带给了自己很大的压力,此时她才发现,现在的压力比那时候让人难受得多。

她想要坚持下去,可说到底她也只是个普通的姑娘。几年过去了,当她的修为突破了炼气巅峰达到筑基期,体重达到二百斤的时候,她再也坚持不下去了。

她想要改变这一切。

凝脂悄悄问她:"你想要切断契约吗?"

她说:"不,一定会有办法让体型和修为兼得的。"

在这些年中,她没有经过艰苦的修炼就得到了真正的力量,怎么会舍得放弃,所以必然要在减肥这件事上动脑筋。

她不再吃饭,在凝脂的指引下找到修真者的集市,买了一箱辟谷丹,只靠吃这个维持生命。

单纯节食没有产生效果,她又开始运动减肥。她用自己新学会的御剑术,开店干起了代购,每天飞世界各地代购商品,飞一段还要下来跑一段。顾客要的每种商品她都尽全力去找,亚洲断货就去欧洲找,欧洲还断货就去美洲找,最后体重一两一厘都没减掉,她的店倒是成了代购界的王者。

她还去了印度,和佛修一起研习空中瑜伽。他们练的不是那种用一根从天花板上垂下来的带子绑着自己的那种高空瑜伽,而是那种真正飞到平流层中去的空中瑜伽。这种瑜伽,需要人一边腾云一边做动作，还要时刻注意周围有没有飞机飞过，十分耗费体力，但是她依旧没瘦。

她又请教了药师，拿出凝脂用火的看家本事，自己炼了一炉又一炉的减肥丹药。事实证明，这些丹药对别人都有奇效，就对她自己半点用也没有。

最终，她用自己自制的丹药和一家整形医院做了交换，她卖给他们药，他们给她做抽脂手术。

从唯物观的角度来说，脂肪在身体里，手术去除了就是没有了。只可惜，修真之途本就不是一条唯物主义的路。

从手术室出来，李·二百多斤·阿玉彻底绝望了，就算她再怎么对凝脂吼"都怪你，你为什么要出现"也没有用，瘦不下来就是瘦不下来，除了抛弃现在所拥有的一切或者接受自己很胖的现实之外，没有别的路。

走出整形医院的大门，她灵敏的听觉让她听到有人在她背后不远处小声说："你说这个胖子是来整什么的呀？都胖成这样了还整什么呀，不如回去减减肥吧，少吃一点比做什么手术都强……"

这些年里，她听够了别人的意见。

"管住嘴迈开腿就可以瘦了。"

"你还是太懒了。"

"没有别的意思，只是瘦一点也更有利于健康不是吗？"

这种话她听得太多太多了，手术的尝试失败了，此刻再听到别人的议论，阿玉的心态完全崩了。

为了减肥而辟谷多年的她破天荒地买了一瓶二锅头，一边腾云一边灌自己酒，没一会儿便喝醉了，从云头上栽下来，睡了个人事不省。

07

"女子不吃晚饭天天锻炼一斤没瘦,借酒消愁醉倒路边?"

"没错,就是我。"李阿玉对着对面那个正在看新闻的年轻男人点点头说,"那天我不是喝多了吗,也不知道飞到哪儿去了,一觉醒来发现自己躺在派出所门口。民警们还一个劲儿地劝我,要减肥更要健康,不要因为一时没有成效就自暴自弃……也不知道我借着酒劲到底说了多少丢人的话。"

"一女子跳河,因太胖浮水面获救?"

"没错,也是我。"李阿玉又说,"我失败了这么多次,心灰意冷也是正常的,就想着找个离家远一点的地方结束生命,用灵体继续修炼。没想到我竟然会沉不下去,即使躺在水里一动不动也依然沉不下去。消防员来的时候,要把消防安全腰带扎在我的腰上营救我,结果腰带长度差点不够扎腰,你仔细看,这一点新闻里也写了。"

李阿玉对面这个正在看新闻的年轻男人就是凝脂的器灵。在这几年中,不仅李阿玉的修为在飞速增长,凝脂也将自己的器灵凝结出了实体。

凝脂放下手机,严肃地问李阿玉:"当初签订契约的时候我就问过你,你真的想好和我签订契约了吗?现在我还要再问你一次,你真的了解中断契约的后果,坚持要和我分开吗?"

李阿玉的语气很平静也很坚定:"我想好了。曾经我拥有一份美貌我却没有珍惜,这些年我想把它找回来却怎么也办不到了。只要有美丽,那些后果我都不在乎。"

凝脂在心里叹了一口气,知道她心意已决,自己说什么也没有用了。

他们中断了契约，凝脂被驱出了李阿玉的体内。

后来，李阿玉又变回了那个美人阿玉，她没有了修为，被毁了根基，少了二十年阳寿，丧失了七情六欲，但是成了一个小有名气的网红，月收入不少，生活也还算滋润。

再后来，凝脂又为自己找到了一个主人。

不知道这一次，这个人能不能坚持到最后？

网贷公司找客户催收贷款，竟然为其找到失散多年的亲生父母。

网贷公司找孤儿客户催收贷款未果，最后为收贷款竟找了其亲生父母。公司是如何做到的？

暗访局外派成员

孙黯

暗访局"嘻哈"社团成员，以其幽默和泼辣的文风横行暗访局。

——2XXX 年 9 月 17 日 《新闻暗访局·要闻聚焦》报道

讨债大师

孙黯

暗访局外派成员

01

有个叫王玉的小子欠了我们五千块钱。

还款期限就是今天,可他像死了一样没点儿动静。

欠债还钱是规矩,规矩就是不得破坏,破坏要付出代价的东西。老板便命令我和李南京摆平这事儿。

"他是学生,吓唬吓唬得了。"

十平方的小写字间内,一切都在白炽灯下无所遁形,头顶的老式电风扇半死不活地旋转着,老板坐在圈椅里抽烟,灰色的烟雾模糊了他的脸。

"该怎么办,你俩心里有数吧。"

话中的停顿凶险莫测,我和李南京对视一眼,双双背着手站在办公桌前,安静如鸡。

事不宜迟,我刚想开口答应,耳边忽然传来一阵闷雷般轰动的腹鸣,响亮,有力,不容置疑。

李南京这个属猪的,怎么又饿了?

"老板，一周内我们把钱要回来。"我低头说着，同时踢了一脚李南京。别看这小子长得人高马大，四肢发达头脑却不简单，被我一提点，立即点头哈腰地附和道："您放心吧。"

老板没再言语，手背朝反方向挥了挥，示意我们俩可以出去了。

关上门，外面是一条冷清无人的走廊，破损的瓷砖直铺到尽头，对面的几间屋子都灭着灯，百叶窗里黑漆漆的，惨白的墙壁斑驳脱落，唯有墙上一行新漆的大字依然清晰鲜艳。

民间小额贷款股份有限公司。

是的，这是我目前就业的公司，它的名字，叫作"民间"。

不忍直视。

起名都这么敷衍的非法网贷公司是怎么开到现在还没破产的？

我移开视线看钟表，还有几分钟就该下班了，便顺势勾着李南京的肩膀说，走吧，去吃晚饭。

晚饭是馄饨，搁了香菜。服务生过来送餐的时候不敢拿正眼瞧我和李南京，八成是觉得我俩面露凶相，又从头到脚穿一身黑，怎么看怎么不像正经人，放下碗就急忙走了，拖鞋都要甩掉。

我吹开香菜喝了一口馄饨汤，抓紧时间跟他谈正事："联系王玉没有？"

"联系了。"他点点头，"还没回复，害怕了吧。"

我没赞同，也没反驳。

我不知道现在的年轻人内心对害怕的衡量标准是什么，他们欠钱的时候躲债躲得宿舍楼都不敢出，借钱的时候又有胆量把自己的裸照家底身份证一股脑儿透给所谓的网贷平台。

这样的人我见多了。

我入这行干了一年半,来借钱的十有八九是年轻人,有手有脚、好模好样的大学生。我没读过大学,也不知道这年头上个大学要花多少钱,值得他们冒着风险也要豁出去借,偏偏借得也不多,五六千块撑死买个新款手机,我想不通他们图什么,跟风?虚荣?

但别人的动机不属于我该操心的范围,我只需要负责公司的业务就好。

我先吃完了,去前台买单顺便要了根牙签叼在嘴上,托着下巴看李南京吃。店里贴了"禁止吸烟"的标识,我只能忍着。

李南京吃得很认真,很专注,好像把整个青春都投入了面前那碗饭里,我越看他越觉得恨铁不成钢。

他是上个月才来公司的新人,老板看他岁数和我相近,就拜托我带着他熟悉工作流程。我们俩同住一个出租屋,交情不见得有多深,朝夕相处也算是混熟了,在公司他叫我章哥,私底下叫我阿文。

李南京跟我不一样。我没学历也没一技之长,又是个得过且过的糟糕性格,离了这份登不了台面的工作恐怕第二天就得饿死。可李南京长得浓眉大眼一表人才,言行举止也不像我这种没文化的地痞流氓,出去寻摸点儿什么营生不好,非要做这种行当。

有时候我觉得他是个傻的,脑子里算不清楚这笔账。

"小南啊,"我嘬着牙签说,"记得我怎么教你的不?"

这次负责联系王玉的业务员是李南京,而我负责教他具体的每一步操作,如何说服那群急着借钱的大学生,让他们相信我们是正规的、专业的,同时又是有便宜可以随便占的,再逐渐将他们套牢,细化到日常交流时跟他们说话的语气,这些都有讲究。

在此之前,公司放贷部门的业务标兵是个绝顶漂亮的小姐姐,讲话声音像情感电台女主播一样动听，专门忽悠像我这样二十啷当岁心智不健全的无知青年，一忽悠一个准。至于王玉，我不晓得李南京是要了什么花招给人忽悠上钩的，总觉得过程有点龌龊。

"嗯。"李南京用标准答案回答我，"前三天打爆他手机，第四天上门去找，第五天武力威胁，第六天曝光隐私，第七天通知家长和学校，让他不得安宁，直到拿回钱为止。"

我赞许地点点头。

可以，小子是这块儿料。

02

当天晚上，王玉给李南京回了信儿：哥，再给我点儿时间。

李南京告诉我的时候我正蹲在电脑前打游戏，两只手光敲键盘都忙不过来，头也不回地应道："你看着回！"

李南京使出他最后的温柔："好，等你，么么哒。"

我："……"

你清醒一点李南京！放个高利贷而已还跟人家日久生情了吗？！

然而俗话说家有家法，行有行规，尽管我和李南京是两个无赖，出来混却还是讲信用的，不到关键时刻绝不露出爪牙。

沉不住气怎么敢当社会人。

隔天清早，由我亲自出马给王玉打电话，先敲打敲打。8点钟，我把电话拨过去，忙音响到第五声，被人接了起来。

我又不是李南京，不会跟他客气，开门见山地问："王玉？"

对面讪讪地答："啊……你好。"

是个迷糊的年轻男声，呼吸很重，像是刚睡醒。我不想磨叽，直截了当地说:"还钱吧。"

"……"王玉沉吟许久,小声央求道,"钱我还没凑齐……我保证还你,哥,辛苦您再等两天……"

"行,哥不是小气的人,你心里掂量清楚。"我说,"宽限你一天。"

他如获大赦:"谢谢哥。"

我挂断了电话,翻身下床。

我们公司虽是个非法组织,却严格遵守着时尚白领朝九晚五的作息时刻表,不加班,不苛扣工资,对待员工犹如春天般温暖,逢年过节的还发补贴,非常人性化。

我到公司打完卡就无所事事了,看了一圈,今天来的人也不多,有些打了卡就外出跑业务了,催收部门往往是公司里最忙碌的。

李南京呆头呆脑地趴在椅背上,伸长胳膊给我递了一摞打印纸,上面是王玉自愿提供的资料,内容包括身份证复印件、学习证明、家庭住址等详细资料,还有本人手持借据的正面照片。

照片里的男孩眼神黯淡,嘴角下垂,与其说是面无表情,不如说缺乏同龄少年应有的活力,整个人死气沉沉,不讨喜。

"他家是不是很穷啊?"李南京天真地问我。

"未必。"我哼了一声,"现在家里有钱的也出来借啊。"

"图啥?"

"那可太多了。"

诱惑太多。当今社会盛行的享乐主义和消费主义不断鼓吹人们花钱,高兴了花钱,不高兴也花钱,花钱才能让你快乐。各种平台和营销号变着花样煽风点火,每天除了"买买买"不会说点儿别的,拼命灌输对年轻人来说并不恰当的价值观。年轻人绝大多数没有固定收入,又极易受到误导,有一千的想花五千,有五千的想花一万，打肿脸充胖子，钱没挣多少先把自己活成贵族的模样，买的净是可有可无的玩意儿，靠借钱去"过自己想过的生活"，图啥？

当然我是没意见。

这样的人越多，我们就越容易获利，何乐而不为呢。

03

第二天我们继续给王玉打电话，他仍在电话那头支支吾吾，表示一定会凑齐这笔钱。我嘴上答应可心里明白，只是懒得拆穿他——这套说辞我在无数人口中听过，早就不新鲜了。

我不相信他。

果然在第三天继续疯狂打 call 之后，我和李南京的号码都被他拉黑了。

你以为我们会放弃？

小儿科。

第四天我们直接找到了王玉的宿舍。

"谁啊？你们找谁？"一楼的宿管大妈从窗户里探出脑袋，眼神警惕地打量我和李南京，"校外的要登记哈！"

穿卫衣夹克牛仔裤的李南京用胳膊肘碰碰我，小声嘀咕："你看吧，我让你穿得青春点儿。"

我行走江湖这么多年攒一柜子黑衣服碍你事儿了？

宿管大妈不愧识人无数，阅历深厚，对我们这种程度的糊弄完全是油盐不进，我就决定换个策略。

鉴于我长相凶恶，一看就不像好人，李南京便支开我，笑靥如花地跟老阿姨撒娇："阿姨我们是王玉他表哥，大老远来一趟不容易,您不让我们上楼,麻烦您叫他下来也行啊,至少让我们见一面……"

我亲眼看见阿姨手一哆嗦就开始按铃。

有时候世界对我们这些帅哥真的很不公平。

"等会儿啊,马上下来。"宿管大妈冲我们点点头,挪动着身体坐回椅子,嗔怪道,"年轻人又不是没有手机,打个电话喊他不就完了吗?"

李南京继续笑眯眯地说:"他关机了,可能正在睡午觉吧。"

这是他第一次在吃以外的领域表现出如此惊人的聪慧,让我怀疑他的智商水平是不是存在波动,一天内会出现几次峰值。

而在等待王玉出现的短暂时间里,李南京显得十分焦躁不安,一米九的大高个儿,电线杆子似的杵在我旁边,兴奋地摇晃。

"我们俩还没见过面呢。"他一会儿跺脚,一会儿探头往里瞅瞅,手指紧张地揉搓着衣角,"我人生第一次线下约见网友。"

"……"

我想辞职了。

大概一支烟的工夫,有个穿拖鞋的瘦弱男生出现在楼梯口,一头黑发理得极短,眯着眼睛四处张望。我稍微回忆了一下照片里那张脸,正是王玉。

然后我在他意识到我们是谁之前,抢先一步抓住了他的手腕。

"王玉!"

话我是笑着说的,手臂搂住他的肩膀,强行拉他出了宿舍楼,营造出一种亲密无间的假象。

——首先王玉肯下来这点出乎我的意料,或许他知道迟早躲不过这一劫,也或许他认定了我和李南京不可能在众目睽睽的公共场合拿他怎么样,所以他露面了。

他比我矮，挣扎起来一点儿力气都没有，轻而易举地被我和他的神秘网友李南京挟持，光天化日之下，不敢声张也不敢动。

　　我扫视周围，没发现什么怀疑的视线，便唤他："王玉啊。"

　　他肩膀瑟缩，李南京往他面前一站，连阳光都挡得严严实实。

　　"是不是觉得我们真拿你没辙了？"

　　他不作声，嘴唇紧抿着，如同被人一针一线给缝上了，我心头冒火，可是目前环境不允许我发作，抓着他肩头的手渐渐收紧，他额角青筋浮动，咬着牙说："我没钱。"

　　"你昨天可不是这么说的。"我笑了，"你不还，也得有人替你还。一个子儿都不能少。"

　　我指尖用力戳了戳他的脑袋，戳得他直往后仰："欠债还钱天经地义，好歹也是个大学生，怎么这点儿道理都不讲呢？"

　　"可是利息……"他求助似的看向李南京，我把他的脸扳了过来。

　　"你借的时候心里没数吗？"

　　够了，我懒得恐吓这种人，没劲。

　　"要么还钱，管你去偷去骗，要么我们把这事儿告诉学校，你等着背处分吧。"我松开手，指着他的鼻子下了最后通牒，"晚上会有人再来找你的，皮绷紧点儿。"

　　听晚归的同事说，他们趁天黑把王玉拎到校外的野地里揍了一顿，和以往讨债同样的流程。

　　在此之前我特意叮嘱过他们注意下手的力度，别打脸，别闹大，钱拿回来就行，不要做多余的事。

　　然而挨了顿打还是没要回那六千块钱——对，利息按天翻倍，拖一天一百，两天就是二百，三天三百……以此类推。

同事告诉我，王玉被他们打得捂着肚子躺在地上抽搐，擦了擦流出来的鼻血，说了句让人匪夷所思的话。

"你们找我爹妈要去啊！"他笑得很古怪，"能找到算你们有本事！"

我琢磨着，有点蹊跷。

我重新把李南京负责收集的那些资料找出来看。

王玉的学籍证明，身份信息，照片，借据，翻到最后一页是家庭住址和联系电话。

我按照那个座机号码拨了过去。

"嘟——"

听筒那边传来一个年迈的女性的声音：

"你好，这里是X县孤儿院。"

04

我和李南京后知后觉，简直是被王玉这小子给摆了一道。

孤儿？

没有父母？

还有这种操作？

终极问题就是，钱我们管谁去要？

我的职业生涯至此，头一回遭遇如此离奇的躲债方式，令人始料未及。人与人之间的信任就是这样脆弱，钱说不给就不给了，我们公司做错了什么？无冤无仇的，大家出来讨生活谁比谁容易啊！

偏偏在这个节骨眼儿上，天杀的学校放寒假了。宿舍人去楼空，老阿姨都帮不了我们，王玉这孙子心机深重，半夜卷铺盖跑路，早就没影了。

事情到了这一步算是彻底陷入了僵局,我和李南京不光债没讨回来,还被老板骂了个狗血淋头。

"辞职?想得美!先把钱给老子要回来!"

李南京这个没见过世面的后生仔完全被黑恶势力吓蒙了,只顾抱着我的大腿哭号:"怎么办啊阿文?老板会不会找人做掉我们啊。呜呜呜呜呜呜。"

他不用找人,直接让同事们关起门在办公室里把咱俩打死就行了,拥有这样充足的人力资源,清理门户是多么便捷。

"总会有办法的。"我磨了磨后槽牙,"把王玉的信息曝出去吧。"

"啊?现在?"

"对。"我说,"发个寻人启事,我们去找他父母。"

"……"

李南京看着我,像在看一个千载难逢的绝世智障。

首先,我不是智障。

其次,他李南京没有资格嫌我智障。

再次,我认为我的思路非常简单明了。我们手上握着王玉足够详尽的身份信息,早晚都要外流,不如以此为契机扩散一波,寻找他的亲生父母,反正欠款拖得越久利息就越多,搞不好最后还能大赚一笔。

岂不是美滋滋。

我先独自在心里起草了一个大概的计划,觉得基本上没什么疏漏,才拿出来和李南京商量,想不到李南京听了我的想法后大受触动,还没来得及发表什么感想就哽咽了,紧紧握住我的手:"阿文你能有这样的觉悟，真是讨债界的一股清流……什么都别说了，以后我就跟你混了哥。"

总觉得这话不像是在夸我。

"这样。"

我盘着腿坐在床上，把烟灰缸放在床头，整理了一下思路："明天咱们俩把资料编写好了，各大知名平台轮流发，买热门买热搜买头条能买什么买什么……没事儿，都找公司报销，财务部那小姑娘我熟。"

"我记得她暗恋你。"

"放屁……啊？你说什么？"

"没什么，我想到我认识几个……对，搞新闻啊媒体啊这种朋友，我可以拜托他们。"

李南京边刷牙便附和我，说到兴起不禁口吐白沫："公众号营销号公知大V炒作一波，文案就写'求扩散！帮助贫困大学生寻找亲生父母''求转发，在新年到来之际给这位少年来自家庭的温暖''救救孩子'……"

05

一周时间过去，一切都按计划稳步施行。我们公开了王玉的个人信息，尽管最初动机并不单纯，反响却意外得好。我不知道李南京动用了怎样厉害的人脉，使出了什么手段，让这个寻人启事的热度维持了好多天，陆续有热心的陌生人打电话来给我们提供线索，更有甚者想要捐款给孤儿表达善意的，被我一一婉拒——王玉到现在依然躲躲藏藏不敢出面，呵呵，我一分钱都不会让你拿到，小混蛋。

可惜他跑得了和尚跑不了庙，当我们再度和他所在的孤儿院取得联系时，对此毫不知情的院长善意替我们招呼他："小玉啊，你朋友找你……哎你这孩子，什么态度，一点儿礼貌都没有……快过来！真是……"

远处是脚步声拖拖沓沓的动静，片刻后话筒被接起来。我一点儿脾气都没了，在这头叫他："王玉？别来无恙啊。"

他如今也已经看清形势，深知逃不过这一劫，干脆破罐子破摔："你们要我的命吧。"

"开玩笑，你那条小命值几个钱？"我说，"怎么样，想去你家坐坐客，欢迎吗？"

"你们究竟想怎样？"他有点儿急了，估计认为我和李南京这两个丧心病狂的二流子会千里迢迢跑去孤儿院欺负小朋友吧。

"我们还能怎样啊。"我哼了一声，"找你爹妈要钱呗。"

"……"

王玉惊呆了。

从我们的城市坐火车到X县不过一下午时间，不算远。

出发那天中午，去车站的路上，李南京高兴得像个二百斤的孩子，说自己很久没出来旅行了。

"你以前干吗的啊，那么忙。"穿过站前广场，我走在他前面排队检票。

"家里给找的工作，说白了就是个打杂的。"他揣好钱包，把行李送进传送带，"事儿又多又杂，还老不放假。"

"嗨，哪一行都不好干。活着本身就费劲啊。"

我和他一起在候车大厅坐下，等了约莫二十分钟，车来了。我们夹杂在浩浩荡荡的人群里，缓缓涌进车厢。

权当一场短途旅行吧。

上车我就睡了。依着习惯,平时这个点儿就是我的午睡时间,加上火车富有节奏地摇晃,我毫不客气地靠着李南京的肩膀,入睡得十分迅速和顺利。

中途我被报站声惊醒了一次,迷迷糊糊地,看见李南京戴着耳机似乎在跟人通话,他扯起衬衣衣领半掩着嘴,声音压得很低,发现我醒了还一个劲儿道歉:"阿文我吵醒你了吗?"

"没有没有,你继续。"我打了个哈欠,"是我打扰你激情网聊了。"

他嘿嘿直笑,狗腿子一样给我倒了杯茶水,捧到我脸前。

又睡了差不多半个小时,我们抵达了目的地,看起来不太富裕的X县,王玉的老家。

小兔崽子都不知道主动来接个站,什么待客之道。

下车时我特意又看了一眼上衣口袋里塞的纸条,没丢。

这是给王玉的"礼物"。

06

傍晚我们见到了王玉,在X县孤儿院。地方比较好找,在县内一所小学的隔壁,设施和装修略显陈旧,但是环境不错,氛围也挺好。

孤儿院的院长是个戴眼镜的阿姨,也就是接我电话那位,头发花白,看上去十分欢迎我们的到来,院子里的其他小孩子也是,除了戴着口罩在屋里打扫卫生的王玉。

李南京放下行李就去陪小孩子们玩儿了,跟个吉祥物似的,我被院长带去二楼查找一些需要的资料,又喝了两杯水,才回到一楼大厅，站在门口的台阶上，望着远处降临的夜幕出神。

我知道王玉在我身后，他小声说："我打工赚了三千，先还你们一部分吧，求你别告诉院长……求求你。"

我转过身，他又说了一次"求求你"，鼻音很重。我目光下移，正对着他头顶的发旋，佝偻的肩膀，挂在耳朵上的口罩，手里攥着扫帚，突出的关节用力而泛白。

我说，不够。

他猛地抬起头。那眼神里交织着卑微、愤怒，和被逼迫的绝望。我摆了摆手，希望他暂时把这些压下去，听我说一句话。

我把口袋里折了两折的纸条递给他。

"不都说了让你爹妈还吗。"

那张纸条上写着一对疑似是他亲生父母的联系方式，两人现居于哪个城市、年龄、籍贯、粗略的家庭背景，以及具体的住址。

具体信息有待考证，之前我已经和院长确认了一部分，比如王玉被送来的时间，幼时的外貌特征，这些都与那对在寻亲的夫妻提供的信息相吻合。

一天后，我、李南京和王玉三人踏上了寻亲之路。这个组合有些奇妙，事情从开始到现在的发展早已完全脱离了我的掌控，谁都不知道结局会怎样，这些我都不在乎了。

我也不在乎他欠我的钱利息翻了多少倍了。

好像我自始至终就是个看客，这件事的性质在无数个巧合的催化下发生了根本的改变，可到底是怎么变成这样的，我懒得管，我也管不着。

王玉真正跟他父母团聚的那一刻我还觉得很不真实。

这么盛大和感人的时刻恐怕我一辈子都经历不了几回。像拍电影一样，王玉和他父母相认，一家人抱头痛哭，还不是在自己家，是在那对中年夫妻居住的小区里，看热闹的人起码来了三拨，我和李南京直接被挤到人群外围，贴着墙根站。

我手都伸出去了，又觉得这话说得时机不当。

你们哭够了没有。

你儿子欠我钱没还呢。

我们可是放高利贷的，超凶。

想了想我还是收回手，拿了手机走到远处，想给老板打个电话，汇报一下目前的进展。照这个情况，多少能赚回本儿吧。

站在旁边的李南京忽然拉住了我的手腕。

我刚要骂人，试了试，发现挣脱不开。

"章文。"他说，"不许打哦。"

周围人声嘈杂，好不热闹，我却莫名其妙地起了一身鸡皮疙瘩。

"你干吗……"

他食指靠在嘴唇上，做了个噤声的手势，然后一只手绕过我的脖颈，手里拿着他的钱包。

这玩意儿有什么好看的？

他在我眼前翻开钱包，从半透明的内袋里抽出一张临时身份证，那里面竟然还藏着一个隐蔽的夹层。

——放的是一张名叫"李南京"的警官证。

07

离过年还有五天的时候，我们俩带着钱回去了。

路过公司楼下我驻足观望，这里无人出入，紧闭的大门上挂着铁链和锁，长长的封条贴成叉："已被查处"。

我没有勇气回头看李南京,倒是他还像平时那样,亲昵地勾着我的肩膀,手在上面拍了拍。

他说,走吧,去吃晚饭。

网友约顺风车约来大货车。

一网友网上约顺风车回家,居然约来了一辆大货车。车主称:"我这车宽敞,能躺着睡觉。"

暗访局外派成员

拥有灵异特质的成员,每次都能通过意想不到的方式得到独家消息,想求帮助的话可以塞一根棒棒糖试试。

——2XXX 年 12 月 25 日　《新闻暗访局·前线调查》报道

错位

暗访局外派成员

01

"嗯,好,知道了。王总,您放心,我一会儿就出发,明早10点之前肯定到重庆。"

等对方切断通话,陈元凯才放下手机,他对对面坐着的妻子和女儿露出一丝抱歉的笑容。

妻子习以为常,她知晓丈夫的忙碌都是为了这个家。叹了口气,随后收拾好心情,回之一笑。

今天是平安夜,陈元凯的原计划是一家三口在饭店里共享美餐,然后带女儿去看新上映的动画电影。等到女儿入睡,他会悄悄地把礼物放进她床头的袜子里,等到圣诞节来临的那一天,女儿一睁眼就能收到"圣诞老人"送给她的礼物。

然而,这所有的一切都被一通电话搅乱了。

现在是北京时间8点13分,陈元凯甚至连计划的第一部分都还没有完成。

"涵涵,爸爸公司有急事,现在必须提前离开,等下的电影妈妈一个人陪你看,好不好?"

陈一涵不解地歪了歪头,睁着一双闪闪发光的大眼睛疑惑道:"平安夜不是团聚的日子吗?爸爸为什么还要工作呀。"

明明是简单的问题却把陈元凯问住了,一时间,他不知如何应答才不会让小姑娘扫兴,忙向妻子投去求助的眼神。

妻子心有灵犀,摸了摸女儿的脑袋:"一年有三百六十五天,除了平安夜,其他日子家人也要团聚。爸爸今天出差,是为了更多的日子与我们团聚。"

小姑娘似懂非懂地点点头:"那,爸爸明天能回来吗?"

电话里王总说得很清楚,陈元凯确定明天能赶回来,忙不迭地点头说:"当然,明天爸爸肯定会回来陪你过圣诞节的,爸爸还会把圣诞礼物带给你。"

小朋友最喜欢的就是礼物,陈一涵一听,立马笑得眼睛弯起来:"嗯!我和妈妈等你回来。"

眼下的时间,从巫山到重庆的大巴早就停运了。好在陈元凯经常往返两地出差,坐不到车时,都是自己开车过去的。

妻子问:"什么时候出发?"

陈元凯看了眼时间:"等下就走,我还要去趟公司,有两份资料要带过去。"

闻言,妻子给他盛了一碗饭,让他赶紧填饱肚子:"路上开车小心,到了给我打通电话。"

"到那儿肯定是凌晨了,你睡眠浅,我就不打电话了,给你发条微信。"

"嗯,好。"

陈元凯飞速把饭往嘴巴里填,两分钟不到就把一整碗饭消灭干净了。

电影院就在楼上，他跟妻子女儿道了声别，便要离开。

陈一涵从座位上跳下来，单手抱着爸爸的大腿，举起另一只手里的苹果，眨巴眨巴眼说："爸爸，你的平安果还没吃呢。"

要不说女儿是贴心小棉袄呢，陈元凯的心顿时感到一阵熨帖。他捏了捏女儿的小鼻子说："你就等着圣诞礼物吧。"

妻子抱起女儿："跟爸爸说再见。"

陈一涵鹦鹉学舌："爸爸再见。"

妻子说："老公，路上注意安全。"

陈一涵继续鹦鹉学舌："老公，路上注意安全。"

那声"老公"叫得陈元凯和妻子愣了两秒，双双大笑起来。

小姑娘不明所以，她这个年纪对这个称呼的含义并不太明确，只是被大人们笑得有些不好意思，连忙挣脱妈妈的怀抱，又拿了个平安果塞给陈元凯，岔开话题说："再给你一个平安果，双倍平安。"

02

带着双倍的平安，陈元凯驱车直奔公司，拿到文件后路过一家玩具店。他瞥了眼女儿送给他的双倍平安，决定今年的圣诞夜，给她双倍的礼物。

靠边停好车，陈元凯去玩具店里挑了两个毛绒玩具。

哪想到，等他开出去不到一公里，就发觉车不太对劲，下车查看，竟然爆胎了。

什么时候爆的胎，陈元凯根本不知道。眼下已经9点多，如果等到修好，再开去重庆，也不知道来不来得及。

王总电话里说得很清楚，明天他万万不能迟到，所以这个风险，他决计是不能冒的。

好在公司里经常出差的不止他一个，陈元凯也曾听同事们说过网上约顺风车，既方便，路上又不无聊。

陈元凯当即打开APP约车，今天是平安夜，现在又这么晚了，讲真的，他对于能否叫到车，也心存疑虑。

作为一个有经验的成年人，从来都懂得不在一棵树上吊死的道理，他正要计划Plan B，约车APP突然发出提示声。

"恭喜您约车成功，司机正在赶往的路上，请耐心等待。"

这么快？

约车界面上显示接单成功的司机姓张，车型是别克GL8。

竟然约到了一辆商务车。

这个点，从巫山去重庆的人应该不多吧。

如果车上空位充足，他是不是可以横躺在后座椅上？

陈元凯边等车，边瞎想。

APP界面上的GL8距离他六公里，正在慢慢靠近。就在还有四公里的时候，代表GL8的定位点突然不动了。

可能是红绿灯吧。

陈元凯等了又等，结果足足五分钟，GL8一动不动。

难道司机后悔了？想要取消订单？

陈元凯连忙打了通电话过去，第一次无人接通，他不信邪，又打过去一遍。如果真要取消订单，好歹沟通一下吧，不理人是几个意思？

这一次，在陈元凯等得不耐烦的时候，电话总算被接通。

"喂？"对方一开口，嗓音沙哑，像是被粗糙的砂纸打磨过，让人听得耳膜莫名一跳。

不等陈元凯出声问他怎么回事，张师傅又说："这就来，对不住哈。"

人家都道歉了，陈元凯还能说什么，只能跟对方确认下自己所处的位置，方便一会儿寻人。

张师傅说："那地方我知道，你能往东走三百米左右，在那边靠近停车场的地方等我吗？"

"可以。"陈元凯又问，"对了，车上几个人？"

对方一愣，虽然声音带笑，但却总让人觉得别有意味："为什么问这个？"

"太晚了，我想在车上睡一会儿。"

张师傅声线一转，哈哈大笑起来："我这车宽敞，能躺着睡觉。"

陈元凯只当他这趟车没带几个人，可当他真真切切地看到自己叫来的车后，整个人都傻掉了。

03

APP 上的定位显示陈元凯叫的车已经来了，可是除了一辆大货车，他再没看到第二辆车路过。

张师傅用 APP 自带的聊天软件发来信息：我看到你了，快上车。

陈元凯扫视一圈，一脸茫然地回复：你在哪儿啊？

下一秒，大货车驾驶座的车窗被放下来，司机居高临下地冲他挥手："我在这儿。"

陈元凯走过去，仰头问："张师傅？"

对方点点头，陈元凯瞪大双眼，来到货车前确认车牌号。

不论是汉字、英文、还是数字，真跟 APP 上一模一样。

陈元凯惊呆了："不是别克吗？"

张师傅抓抓头，尴尬地笑了笑："系统出问题，录错了吧啊哈哈。"

陈元凯："……"

张师傅胳膊架在车窗框上说："快上车，早出发，早到。"

平时开车的时候，陈元凯看到大货车就犯怵，毕竟大货车撞死人的概率太高了，交管部门也提醒广大市民远离大货车。没想到，有朝一日，他竟然会坐上大货车？

他对于大货车，或多或少是有点抵触情绪的。但工作和时间不等人，他也只能赶鸭子上架。

只是，作为一只鸭子，这架子也太难上了吧。

陈元凯爬了半天，也没能爬上副驾驶座。

张师傅捂着嘴偷乐了一会儿，跑下来，托着他的屁股，使劲一推，陈元凯才顺利坐上去。

作为一个男人，被另外一个男人摸了屁股，陈元凯总觉得怪怪的，尤其是那双手，冷冰冰的，隔着衣服都能感觉到刺骨的寒冷。

张师傅身体灵活，三下五除二地爬上驾驶座："怎么样，宽敞吧。"他扭头拍了拍后方的卧铺，"你要困了，就睡这儿。"

难怪货车车头那么大，原来驾驶室内自带卧铺啊。

陈元凯算是长见识了，只是，第一次坐货车，让他心无旁骛地睡觉，根本做不到啊。

张师傅双手握紧方向盘，叫了一声："出发。"

油门发出"轰"的一声响，下一秒，一切归于宁静。

竟然熄火了！

张师傅再次露出尴尬又不失礼貌的笑容："手滑，手滑。"

车型不对，一开始就熄火，陈元凯躺在卧铺上，觉得细思恐极。半夜出租车抢劫杀人事件这些年层出不穷，他此行越看越不靠谱。

偷偷地看了一眼张师傅的背影，陈元凯掏出手机查看订单详情。

他点进张师傅的首页，评分挺高的，下面的评论一水儿都是夸赞。

"司机人很风趣，五星好评。"

"没想到叫来一辆大车，超宽敞。"

"师父超 nice，长得也不错，哈哈哈。"

……

类似的评论很多，看来是自己多心了。

耳边是发动机轰轰的响声，即便放下了手机，陈元凯依旧辗转反侧，最终自暴自弃地起来，盘腿而坐。

张师傅听到动静，透过后视镜瞥了他一眼："不睡了？"

"睡不着。"陈元凯捋了把头发，坐到副驾驶座上，"有烟吗？"

为了家人的身心健康，他正在戒烟。可在这样的夜晚，急需一根烟让他烦躁的心镇定下来。

货车司机经常疲劳驾驶，干这一行的，十有八九都是老烟枪。

张师傅从旁一摸，摸出一盒烟丢过去："不是什么好烟，别嫌弃哈。"

"谢了。"陈元凯点燃后，吸了一口，太久没有吸过烟，差点呛到自己。

张师傅以为是廉价烟的缘故，露出羞涩又抱歉的笑容来。

"不是烟的问题。"陈元凯解释一句，又发觉这个话题并不愉快，索性岔开话头，"你这一车货，送去重庆的？"

张师傅点点头："是啊，顺路载上你，赚点外快。"

陈元凯随口一问："运的什么？"

"没，没什么，就普通的货。"

陈元凯吐着烟圈，笑说："瞧你吓得，都结巴了，你怕啥啊？"

张师傅长叹一口气："实不相瞒，干我们这行的，最怕开夜车。尤其是晚上走高速上，没准就跳出一两个打劫的。这些人啊，就喜欢问车上运的是什么货。"

陈元凯大窘:"我可不是打劫的,我就随便问问。"

张师傅摇了摇手机:"我知道,我这有你的信息呢,要是你真是打劫的,警察立马就能逮住你。"

也对,他们双方看不到对方的真实信息,可后台什么都能看到。

陈元凯为之前的提心吊胆感到好笑。

04

口袋里的手机突然响了一下,陈元凯拿出来一看,是妻子发来的微信——我和涵涵看完电影,刚到家。

陈元凯直接拨通了电话。

妻子接到来电,备感意外:"开车还给我打电话,多不安全啊。"

"没事儿,车胎爆了,送去修理了。"

"那你怎么去的重庆?"

陈元凯笑了笑,瞥了张师傅一眼:"约了辆顺风车。"

"爸爸爸爸,是爸爸的电话,对不对?"

陈一涵嗲嗲的叫声从那边传来,声音越来越近。

陈元凯耳边响起一道脆生生的奶音:"爸爸!"

陈元凯笑呵呵地应道:"唉!"

"爸爸,今晚的电影超好看,我和妈妈笑得肚子都疼了。"

"真的吗?怎么好笑了,说给爸爸听听。"

父女俩隔着手机聊了一刻钟,才被妻子以时间不早了,小朋友必须睡觉为由打断。

涵涵依依不舍地嗫着嘴巴说:"爸爸再见。"

陈元凯也依依不舍地说:"明天爸爸就回去了,乖,快点睡觉。"

"女儿吧?"

陈元凯点点头，好奇地问："你怎么知道的？"

张师傅微微一笑，笑得十分幸福："女儿是爸爸的小棉袄呀，你家要是个小子，跟你说不到两句就不耐烦地跑掉了。"

陈元凯想起妹妹跟他抱怨侄子的事，赞同地点头"还真是这样。"

张师傅又问："你女儿多大了？"

"四岁。"

"那比我家的大，我家的才两岁半。"

陈元凯震惊地看向他："你都结婚了？"

张师傅好笑道："当然，孩子都两岁半了，哪可能没结婚啊。"

陈元凯摇了摇头："你这脸看上去最多二十岁，一点都不像娃他爹。"

张师傅嘴角的笑容瞬间凝固："大概因为我是娃娃脸吧。"

"绝对啊，不像我，长得着急。我这刚三十岁，就有人以为涵涵是我第二个孩子。哦，涵涵是我女儿的小名。"说起孩子，父母总是满满的骄傲，还忍不住想要秀一秀。

陈元凯翻开相册，把陈一涵的照片翻出来，给张师傅看。

张师傅瞅了一眼："真可爱。给你看我女儿，也很可爱的。"

他从口袋里取出手机，下一秒，扔到一旁，拿起驾驶座旁空格里的另一部手机递给陈元凯："你点亮屏幕，屏保就是我女儿。"

陈元凯依言而行，眼前立马蹦出一个可爱的小女孩儿。

小女孩儿一双大眼睛因笑容弯成两道月牙，但她的双眼皮依旧清晰可见。小女孩儿牙齿尚未长齐，稀稀疏疏的牙齿，加上两个小酒窝，呆萌又可爱。

"真可爱！"陈元凯发出由衷的感慨。

"当然啦，女儿就是我的骄傲！虽然我这个人没什么出息，但我女儿特别聪明，背唐诗特别快。"张师傅提起女儿，像是有说不尽的话,"我这个人,脑子虽然不灵光,但是我媳妇儿聪明啊。幸好女儿的智商情商像她,只有长相像我。"

其他方面不提,但就张师傅的单眼皮和小眼睛而言,他女儿就与他压根不像。

不过,人家正在兴头上,哪好败了人家的兴致。陈元凯点头附和道:"就是,女儿像爸爸,天经地义。"

"哈哈,你也是爸爸,你懂我。"

陈元凯连连称是:"看好了,手机给你放哪儿?"

张师傅接过手机,小心翼翼地放进口袋里。

陈元凯见他拍了拍口袋,像是抚摸女儿的脑袋一般,不禁望了一眼被他丢在一旁的另一部手机。

不知怎么的,张师傅做出扔手机动作时,那嫌弃的态度,仿佛手机不是他的。

不过,不是他的又是谁的呢?

那部手机一看就是老旧的山寨机,自己看的却是苹果,虽说不是最新款,但是被主人保管得很好,崭新如初。

大概那台是公司给他们配的电话吧。

陈元凯没有多想,看着张师傅以一百二十码左右的速度稳定前进,不一会儿,困意袭上心头。

也许是知道后台能看到两人信息的缘故,也许是有关女儿的聊天让双方熟稔起来,陈元凯不再像刚上车时一样紧张,卸下心防之后,很快就在卧铺上睡着了。

这一觉睡得不太踏实,梦中似乎听到"咚咚"的响声,那节奏如同敲门,却比敲门声重。像是古代攻城略地时,士兵们抱着又粗又长的树桩撞击城门。

一下,两下,三下……

陈元凯猛地睁开眼。

"咚……咚……"

并不是幻觉。

陈元凯蹙着眉问："什么声音？"

张师傅习以为常地说："后面捆货物的绳子松了吧，要么就是有东西没放稳，掉下来了。没事，这种事经常有，前面有个服务区，一会儿我去后头看看。"

陈元凯也没放在心上，可那"咚咚"的响声，越听越像敲门声，仿若有人被禁锢在后面，乞求释放。

陈元凯失笑地摇摇头，黑夜让他变得神经兮兮的了。

05

凌晨3点21分，货车抵达服务站。

陈元凯正好想上厕所，从车上跳下来，直奔厕所而去。走进厕所前，他回头一瞥，黑暗中，一个人影在货车后面来回走动，犹如夜晚出现的鬼魅，阴森可怖。

从厕所出来，张师傅已经不在货车上了，而货车后面的货物已经被严严实实地捆住。因为有一层蛇皮袋覆盖在上面，陈元凯看不到里面放了些什么。

他不清楚自己是怎么了，也许是一股神秘的力量，引诱着他："掀开蛇皮袋，看看里面藏了什么，是你想的东西吗？"

"你敢看吗？"

"你害怕吗？"

"你在怕什么？"

那声音一直在脑海里叫嚣，终于叫得陈元凯按捺不住，伸出手来。

12月底,气温已经变得很低,但是对于重庆地区而言,并不寒冷。可陈元凯的手,无法控制地颤抖起来。

当手指碰到蛇皮袋时,刺骨的寒意从心底涌上来,让他想起攀爬货车时,托起自己屁股的那只冰冷的手。

而那股寒意,突然出现在他的肩膀上,与此同时,伴随而来的是疼痛。

"嘿!你在干什么?"

陈元凯一惊,下意识地缩了下脖子。

张师傅站在他身后,服务区的灯昏暗极了,光影打在对方的脸上,透着阴森。

路灯发出"刺刺啦啦"的声响,陈元凯蓦地发现,张师傅印堂发黑,脸无血色。

寒意从他搭在自己肩膀上的那只手开始,一点点传遍他的全身,仿佛把他冻住了,动不了。

路灯刺啦声越来越大,张师傅张开嘴,嘴角带着诡异的笑容:"你在干什么?"

他又问了一遍,路灯"砰"的一声,爆掉了。

陈元凯身体颤抖,压下心底的恐惧说:"这个角翘起来了,我帮你压回去。"

"哦,谢了。"声音冷漠,如同在跟陌生人说话,张师傅移开手,抚摸陈元凯刚摸过的地方说,"又是哪个王八蛋想偷我的货。"

陈元凯硬是扯着嘴角,扯出一道笑来:"你被偷过?"

"是啊,整整三箱苹果,就是在这个服务站,也不知道哪个缺德玩意干的。害得老子被扣了几百块!"

如果说,刚才张师傅同自己说话的语气像是陌生人,现在简直就像变了一个人。

这一路上，陈元凯从没听过张师傅说话带脏，而现在这个人，句句带脏。

不等陈元凯细想，张师傅忽而笑起来："上车吧，还有一个多小时就到了。"

见他又恢复如初，陈元凯想，回忆起被偷的往事，说几句脏话抱怨下也没什么不对劲。男人嘛，谁这辈子没说过几句脏话。

06

经过方才的事情，陈元凯睡意全无，反正也快到重庆了，便坐在副驾驶座上玩手机。

玩着玩着，鬼使神差地，陈元凯点开了约车APP，他盯着约车界面看了又看，上面显示的是两人的行程。

"看什么呢？"

张师傅的声音响起。

陈元凯说："没什么，好奇这个APP。你说，会不会出现这种情况，就是客人没上车，但是APP显示订单完成了，没乘坐的客人还被迫付钱的情况？"

"当然有啊。"张师傅显然是老司机，"这种情况多了去了，我们业内称干这种事的叫幽灵车。"

幽灵……

陈元凯心里一沉："听着挺吓人的。"

张师傅故作玄虚："何止听着吓人，那些司机的照片更吓人。"

"什么意思？"

黑夜让张师傅变得阴沉，他刻意压低嗓音，如同地狱使者般道："有人说，幽灵车司机的照片，像司机的遗像。"

陈元凯张大嘴巴："啊！"

张师傅哈哈笑起来："吓你的。"

"……"

陈元凯无语，但恐惧的心久久不能平静，从包里掏出一个苹果，自顾自地啃起来。

张师傅惊奇道："哪来的苹果？"

陈元凯说："今天……不对，昨天不是平安夜吗，我女儿给我的平安果。"

"洋人的节日啊，中国人为什么要过？"

"过节是次要的，主要想让女儿高兴嘛，陪她才是主要的。"

张师傅顿了顿，沉沉地叹了口气："是啊，早知道，昨天我应该陪她过节的。"

他话音落下，一个红彤彤的苹果出现在他眼前。

陈元凯说："喏，给你。我女儿给了我两个平安果，你家不也是女儿嘛，就当是你女儿给你的。"

"平安果。"

"是啊，都说吃了平安果就会平平安安的，都是糊弄小孩子的。不过，多吃苹果可以预防感冒。"

"不是糊弄小孩子的。"张师傅嘀咕道。

陈元凯正好咬了一口苹果没听见："你说什么？"

张师傅摇摇头，珍视地将苹果收好："没什么，我在后悔没陪我家丫头过节。"

"没事，昨天是平安夜，今天是圣诞节。我这儿有两个玩具，给你一个，你送你家丫头。"

张师傅受宠若惊，眼神一亮，随后黯淡下来："不用了。"

陈元凯估摸他是不好意思，连忙从手提袋里掏出新买的娃娃：

"客气什么，我也是做爸爸的，懂你。"

他用方才张师傅的话反驳他。

张师傅没吭声，许久之后才说："谢谢。"

陈元凯不以为然："有啥好谢的。"

张师傅说："我一定把你安全送到目的地。"

"哈哈，那是当然，要不我可不付钱。"

"不用付钱。"

"啥？"

"谢谢你送给我女儿的礼物。"

07

一个小时后，陈元凯安全抵达目的地，不论他怎么说，张师傅都不肯收他的钱，并且取消了订单。

陈元凯无奈地说："你号码多少，我们公司经常到这边出差的，到时候给你拉活。"

张师傅摇摇头："没有下一次了。"

陈元凯问："怎么了？你要改行啦？"

张师傅笑了笑，举起陈元凯送给他的毛绒玩具和平安果摇了摇，与他挥别。

08

圣诞节，晚上8点多，忙碌了一天的陈元凯带着礼物风尘仆仆地赶回家。

陈一涵爱不释手地抱着毛绒玩具，亲了爸爸的脸颊一下，发出

"吧唧"声。

妻子坐在沙发上吃苹果,听到响声,温柔地望着父女俩。

客厅的电视开着,正在播放一段新闻。

新闻主播字正腔圆地说:"12月24日晚9点半左右,在巫山发生了一起交通事故。肇事司机李某驾驶一辆货车撞向了一辆别克GL8,肇事司机非但没有将伤者张某送去医院,反而将伤者藏匿于货车上,一直开往重庆。25日抵达重庆后,肇事司机开出盘山公路,当场死亡。"

正在玩玩具的陈一涵突然指着电视说:"爸爸,那个娃娃跟我的好像。"

陈元凯抬眼看去,电视上,工作人员抬着担架路过摄像机,担架上的人被白布遮盖住,垂下来的手上,紧紧地抓着一个毛绒玩具,正是陈元凯送给张师傅的。

画面自别克GL8的车牌号上一闪而过,陈元凯瞪大了双眼。

那串数字,正是昨晚他坐的货车的车牌号。

当镜头投向货车时,却是一个陌生的车牌号,可那辆货车,陈元凯绝不会认错。

陈元凯心中蓦地一寒,掏出手机,点开约车APP,昨晚的订单消失不见了。

妻子见他突然呆住,关切道:"老公,你怎么了?老公?"

陈元凯猛地回过神来:"啊?"

"老公,发生什么事了吗?"

陈元凯摇头说:"没什么。"

电视上,一个红彤彤的苹果从GL8上滚出来,落在地上,"骨碌碌"地滚出屏幕。

英国生存节目参赛者野外生活一年多才发现节目因收视率不佳早已停播。

英国某电视台一档生存节目因为收视率不佳刚开播就停播了，但节目组却未告知所有参赛者，有参赛者在野外生活一年多才发现。

暗访局外派成员

暗访局"一本正经胡说八道"研讨会成员，致力于研究胡说八道的宇宙原理，暂时只研究出"太阳黑子与胡说八道并没有直接关系"。

——2XXX 年 5 月 29 日 《新闻暗访局·城市纪录》报道

荒野日记

暗访局外派成员

01

黑云像一群奔腾咆哮的野马,一层层翻滚着漫过头顶,越聚越厚,越压越低。狂风席卷而来,吹走了太阳,天地渐渐沉入一片漆黑之中。

老查尔斯打开手电筒,不多的电量维持了一丝微弱光线,他已经气喘吁吁,但步伐却越来越快。

暴风雨即将来临,如果不能尽快赶到最近的镇上,恐怕这将是非常难熬的一夜。

老查尔斯是这一带有名的老猎户,他知道苏格兰高地的恶劣天气对生命来说意味着什么,如果不是车抛锚在偏僻的废弃公路上而天色将晚,他是无论如何也不会冒险走这条穿越荒原的捷径的。

一道闪电划破天空,霎时照亮了整个大地,那些白天像极了黑麦面包的山丘此刻露出了狰狞面目,如魔鬼的洞窟一般耸立。黑黝黝、布满苔藓的巨石张开了它们的大嘴,仿佛要将这里的活物全部吞噬。

紧接着像银河炸开，像凶恶的巨人在空中怒吼，雷声轰隆，万物被震得发抖，连查尔斯这样身经百战的心都不禁突突直跳。

大雨倾盆而下，在这寂寞的荒原上肆意，不一会儿地便泥泞不堪。

老查尔斯拄着一根枯树枝，艰难地躲避石块和水洼。这里是湿地和沼泽的故乡，他必须看清每一个下脚的地方，否则一不小心就会被这大自然的囚牢吸进去。雨水打湿了他额间的头发，顺着眉骨一路向下模糊了眼睛，他腾不出手来抹掉，只能拼命甩头发，却作用甚微。

风越来越大，雨点被裹挟着劈头盖脸砸下来，老查尔斯几乎无法再迎风向前，他调整方向，朝着左边隐约矗立的圆石走去，想暂时躲一下。

刚走出两三步，老查尔斯觉得踩在了什么柔软的东西上，凭着多年经验，触感似乎是某种动物的肉体。这在草原上并不稀奇，或许是只鼹鼠，也可能是兔子，他不打算搭理，至少现在他顾不上。

然而下一秒，老查尔斯脑中就仿佛有一颗炸弹被引爆了，所过之处一片空白，战栗从心脏迅速窜到头皮，满腔惊恐汇集到嗓子眼，最终他只发出了一丝干瘪的呜咽。

那个被踩过的肉体，准确而冰凉地抓住了老查尔斯的脚腕。

02

"怎么样？"

刚走出手术室的医生摘下口罩，回复哈利："病人暂时脱离了生命危险。但他头部受到重创，我们清除了淤血，还处于深度昏迷的状态，什么时候清醒不能确定。"

年轻的警长点点头,"除了头部,病人还有其他部位受伤吗?"

"四肢和面部有一些擦伤,身体轻度脱水。"

"好的,谢谢您。"哈利礼貌地与医生握手道别,他与助手汤姆走向长廊另一边焦急等候的老查尔斯,"他没有死,您可以放心了。"

听到这个,老查尔斯长舒一口气,双手画了一个十字:"感谢上帝保佑。"

"也感谢您发现了他,及时报案。"哈利认真说。

老查尔斯连连摇头,"没关系,这都是我应该做的。不过说真的,一个年轻小伙子去那种可怕的地方做什么呢?哦对了,这是我在他身边见到的背包,应该是他的东西,我没有动,还是一起交给你们吧。"

哈利点点头,示意汤姆接过:"再次感谢您。这里交给我们,您可以回去休息了,查尔斯先生。"

走出医院,冷飕飕的空气在哈利的脖子上来回摩挲,他扯下手套,扣好衣领,修长的手指因为天冷微泛粉红。

"先回去吧。"哈利抬头看了看。

乌云从天边漫过来,又要下雨了,真是糟糕的时刻。

03

印威内斯市警察局警长办公室。

黑色防水尼龙登山包摊在桌上,很普通的包,在全世界各地的青年旅社都能找到,汤姆正在将里面的东西取出来逐一摆开。

一支普通的 Nokia 手机,哈利摁了几下,已经没有电了。

一个空烟盒,一个打火机,一个玻璃瓶子,看样子像是某种可乐。

几件衣物，一个钱包，还有一本带有密码锁的日记本。

哈利打开钱包，里面只有一张ID卡。

"卡尔·李斯特，"哈利盯着上面的字母，"会是你吗？"

"卡尔·李斯特，出生在约克郡，童年时代一直生活在那里。高中毕业以后在曼彻斯特做过一段时间管道工，大约在三年前回到约克郡，住在父母的房子里。不过他的家人都已经去世了。"助手杰瑞将收集到的资料放在办公桌上。

哈利漫不经心地摩挲着那本日记："他为什么会去苏格兰高地？"

"这家伙一年多前参加了电视台的荒野求生节目，地点就在苏格兰高地。只不过……"

"只不过什么？"

杰瑞摇了摇头："只不过这个节目开播四个月之后，就因为收视率不佳被停播了，不知道为什么卡尔却并没有回到城里去，最后还莫名其妙地摔坏了脑袋，可怜的家伙，愿上帝保佑他。"

哈利两条浓重的眉毛皱在一起，"你是说节目停播了而他还在继续挑战？"

"是的。"

"哪家电视台的节目？"

"独立电视台，节目名字是《伊甸园》。"

伊甸园么？哈利沉思片刻，向杰瑞招招手："请汤姆去技术部门，破解开这本日记的密码，另外给手机充电。"他站起来抖擞精神，"你跟我去一趟电视台。"

"您是觉得这里面有问题吗？"

"去了就知道了。"

04

"是的,卡尔确实是我们的参赛者。"节目制片人透过厚厚的镜片,用审视的眼神打量着哈利,猩红色的嘴唇上下抖动,显得十分刻薄,"但是节目已经结束了,参赛者也都收到通知离开,我们也没有他的消息。他出什么事了吗?"

哈利看了杰瑞一眼,向制片人说道:"他死了。"

"啊!"制片人惊呼一声,"这太可怕了!他是怎么死的?"

"我们也很遗憾。"哈利没有回答她的问题,他将手插进兜里,"冒昧询问一下,当时您是以什么方式通知参赛者节目取消的?"

"我们给每一位参赛者都配备了一部手机,是通过短信告知的。"

"短信?"杰瑞有些诧异,"没有电话或者当面通知吗?我是说,只是短信通知吗?"

"您知道,苏格兰高地的信号一向不好,当时节目刚刚被腰斩,所有人都心思不宁,所以也只通过短信通知了。"制片人眼神略有些狼狈,她急忙辩解,"不过我们确保收到了每个参赛者的回复。"

"哦?"哈利挑眉。

"请您稍等。"制片人拿起电话,"贝莉,我需要《伊甸园》节目参赛者的回复资料。对是的,我指的就是短信回复……哦上帝呀,直接带着磁盘到我办公室,你这个蠢货!"她瞪圆了眼睛,尖厉的声音差点刺破两位访客的耳朵。"对不起,"她挂掉电话,对着哈利努力调整好表情,"我的秘书,她有点不聪明。"

哈利颔首致意,不置可否。

不一会儿,一个戴着眼镜的瘦弱姑娘慌慌张张敲门进来。她个子不高,脸色灰败,头发像鸟巢一样纷乱毛躁,仿佛在伦敦大桥底下饿了一个星期。

"奥,奥列格夫人,这是您要的东西。"她怯懦地递上磁盘。

"放在桌子上吧。"制片人嫌恶地看了她一眼,用尽量和蔼的语气说。

贝莉把磁盘放在桌子上,垂手退到门边,缩头缩脑地站在那里。她的眼神自始至终没有瞄向过屋里多出来的陌生人。

"这里没你的事了。"制片人看到她的样子,不禁又补了一句。

贝莉连忙转身,准备离开。

"您的项链很好看。"就在这时,哈利突然说。

贝莉茫然回头,显然还没反应过来。她下意识摸了摸脖颈,而后恍然道:"哦是的,谢谢您的夸奖。"她的手抖抖颤颤,想将跑到外面来的项链塞回衬衣领子里去。

制片人不耐烦地道:"贝莉,你可以去做别的事了。"

"哦好的,奥列格夫人。"

看着她关上门,制片人舒了一口气,她将磁盘写入电脑,打开文件记录:"您看,这一条就是平台记录的卡尔·李斯特的短信回复。"

回复很简短,只有两个字母:OK。

哈利想了想,问道:"确定是卡尔·李斯特回复的吗?"

制片人指着回复前面的一排数字:"您看,这是我们发给参赛者每个手机的编号,对应各自的手机号码,不会出现错误的。"

哈利朝杰瑞扬扬头:"把这个拷贝下来。"他转身礼貌地向制片人伸出手,"奥列格夫人,非常感谢您的配合。"

"不用客气,这也是我能为可怜的卡尔做的最后一点事了。"

制片人握了握哈利的手,眼睛里闪烁着一丁点泪光。

2XXX 年 05 月 29 日

05

办公室略有些昏暗灯光下,哈利摩挲着汤姆刚刚送过来的日记本,看着破解出来的四位密码,不禁陷入沉思。他是一位绅士,不擅于也从来没有窥探过别人的隐私,只是这件案子似乎并不是一起简单的失踪人口救援。

"抱歉了。"他对着空气说完,缓缓打开了日记本。

6月1日 星期一 天气晴

噢,这里真的是太棒了!四处都是起伏的山脉,也许是造物主的宠爱,苏格兰的水流干净得让人嫉妒,我完全不用为饮用水发愁。

午饭是一些野菜,希望明天运气能好,让我逮到一只野兔或者其他什么小动物。

6月13日 星期三 天气阴

已经过了两周的时间,目前还不错,我发现了一个小湖泊,从山丘上看去仿佛一颗安静的明珠,就像安吉尔的项链那样。我真想念她。

香烟还剩下三根,得省着点儿了,希望他们没有发现我带进来,哈哈,这偷偷摸摸的样子真像宾利先生那个傻瓜。

7月5日 星期三 天气雨

昨天吃剩的浆果没法再填饱肚子了,我已经一个月没有沾丁点儿荤腥了,现在给我一头牛我肯定也能吃得下去。天哪,有一个面包也好,我终于理解为什么这玩意儿叫荒野求生了。

说到面包,妈妈做的苹果馅饼真的是很美味,可惜我再也吃不到了，离开这里也吃不到。妈妈，虽然小时候你经常打我，把我关在壁橱里，但我还是爱你，愿你在天堂安好。

7月31日 星期三 天气雨
这个月的最后一天，至少不那么绝望，因为我猎到了一只兔子，这是近一段时间以来最好的消息了，感谢安吉尔送给我的瑞士军刀，你真是我的小天使，我终于可以吃到肉了。

8月12日 星期五 天气晴转阴雨
真是糟糕的一天。刚下过一场雨，草地上到处都是小水洼，踩在上面黏黏糊糊的感觉就像奥列格夫人家泡了水的地毯，令人头皮发麻。这里到处都散发着腐败的臭味，真难闻。

8月27日 星期一 天气晴
这该死的地方真是让人一言难尽，暴雨之后就是暴晒，我快被烤熟了。连老鼠都不会在这样的天气里出门，我却要在这鬼地方待到不知道什么时候！这该死的地方！我受够了！
……

"笃笃笃。"敲门声将哈利的思绪拉回到现实。
"请进。"
杰瑞进来，不由讶异："警长，您还没有结束工作吗？"
哈利摇摇头："我想，这个案子越来越复杂了。"
杰瑞摸不着头脑。
哈利指了指那个四位数的密码："这看起来是个日期，但不是卡尔·李斯特的生日。"

"有可能是他某个特殊的纪念日吧?"

哈利没有回答。他指着备忘录上的一排数字:"这是从电视台拿回来的,卡尔的电话号码。"

他拿起办公室电话,拨打了这个号码。

桌上,充好电的手机没有响铃,没有震动,也没有发亮。

杰瑞张大了嘴巴。

"这不是电视台配备给卡尔的手机,"哈利意味深长地说,"卡尔的事,并不是意外。"

"您是说,有人蓄意谋害卡尔吗?"杰瑞十分困惑。

哈利看着桌上的日记本,轻轻说:"是啊。也许,我们应该先找到安吉尔。"

06

"您是说卡尔吗?哦他是个非常安静的小伙子,非常老实,就住在街那边的那栋房子里。"

"……我不是很了解他,但他看起来是个不错的人,很友好……"

"卡尔?我没有跟他说过几句话,他似乎不太出门。"

"是的,他是一个人居住,李斯特夫妇已经去世很久了。"

"他没有结婚,也没有女朋友……我是说,我从没见过他带女人回来。"

"卡尔不善言辞,我猜没有姑娘会喜欢他吧,哈哈。"

"李斯特夫妇是非常棒的人,从来不打扰邻居,遵守社区的一切制度……是的,非常棒……"

"我跟卡尔认识很多年了,但我们不是朋友,他喜欢一个人待着。"

"李斯特一家很和睦,卡尔小时候经常生病,李斯特太太一直在家里照顾他。"

"是的……他身体不好……他的母亲为他操了很多心。"

"李斯特夫妇去世很久了,是车祸,可怜的人,愿上帝保佑他们。"

"是的,我很久没看到他了。"

"警长,是不是我们想多了,根本就没有安吉尔这个人,都是卡尔臆想出来的,"杰瑞一边开车,一边向哈利抱怨,"整天躺在家里,父母早逝,没有朋友,这样的男人不会有魅力的。"

哈利静静看着窗外,不知道在想些什么。

杰瑞看到他失神,不由叹气:"如果卡尔现在醒过来就好了。"

"嗯。"哈利随意附和。

"警长,我送您回家吗?"

哈利摇头:"不,送我去办公室。"

"已经很晚了,您还是回家休息吧。"

"我想看完那本日记。"

9月30日 星期二 天气晴

今天我看到了一团被秃鹫啄食过的腐肉?原来血肉腐烂之后是这么恶心的东西,人死之后也是这么恶心吗?我要呕吐了,我还从来没有这么想呕吐过。

10月13日 星期日 天气阴转小雨

上帝造了星期日来让人们休息,我却还要在这该死的地方工作!这甚至不能算作是一份工作,它就是魔鬼,在折磨我!折磨这可怜的人，折磨这上帝都厌弃的人！

没关系，没关系，还有我的安吉尔。为了她这一切我都可以忍耐，没关系。请等我，等我赢了这次比赛，就有足够的奖金向你求婚了！

我爱你。

……

到底是哪里不对劲呢？哈利仰倒在椅背上，闭上眼睛，揉揉太阳穴，头又开始疼了。

07

哈利离开办公室的时候夜已经很深了，路上没什么行人，只有一对母子走在哈利的前面。小男孩非常活泼，向妈妈讲述着今天在学校的生活，不知道讲到哪里，母亲被逗得"咯咯"笑起来，怜爱地摸摸孩子的头："亲爱的，名字的第一个字母一定要大写。"

名字！

他浑身颤抖，转身狂奔回办公室。

名字！

哈利来不及摘下围巾，打开灯，迅速翻开日记。

是的，所有的"安吉尔"都是小写，哈利又往前翻，"宾利先生""奥列格夫人"，都是小写。

卡尔写名字是不区分大小写的。这样的书写习惯让哈利在脑海中形成了思维定势，他会将所有小写的名字单词一律默认为名字，但"安吉尔"其实真的只是天使的意思而已！

所以安吉尔不是一个人名。有这样一个姑娘存在在卡尔身边，她并不叫安吉尔,她很安静,很低调,没有人注意到她,她有一条很漂亮的项链,让卡尔念念不忘。

哈利深吸一口气,拿起电话。

"杰瑞,去查一下贝莉。对,就那个节目制片人的秘书,我想你对她应该有印象。她的身份、背景、近两年的购物记录。"哈利顿了顿,"还有,最重要的是就医记录。"

"贝莉·温迪,25岁,出生在德文郡,一直在那里生活,大学毕业以后做过编辑和私人助理,这是她第三份工作。近两年的信用卡消费记录和就医记录在这里。"杰瑞递上文件。

哈利咬着三明治,接过来翻阅。

"……3月15日在印尼超市消费138镑……4月2日在购物中心消费59镑,品名是衣物……4月29日在数码商店消费30镑,品名是Nokia手机……"

哈利抬起头看了一下杰瑞,后者点点头道:"已经与数码商店核实过,手机与电视台给选手配备的手机型号颜色相同。"

而就医记录显示,贝莉在近两年看过至少五次以上外科疾患,并且病因几乎完全相同。

"多发软组织挫伤。"哈利念出来,与杰瑞对视一眼,将文件折叠起来,"我们可以邀请这位小姐来警察局了。"

08

贝莉不安地坐在那里,双手平放在膝盖上,时而紧握时而放松,显得十分局促。偶尔哈利抬一下眼皮,她的眼神立刻仓皇躲闪。

"温迪小姐,我们想跟您了解一下独立电视台节目《伊甸园》

参赛者卡尔·李斯特。"杰瑞开口。

贝莉仿佛受了惊吓,她连连点头:"好的……呃,我是说,没问题。"

哈利审视了她一下,开口:"您在《伊甸园》节目项目中主要负责什么工作?"

"我是奥列格夫人的秘书,她是这个节目的制片人,一些打杂的工作我都在做。"贝莉小心翼翼地答道。

"能否描述一下更具体的事宜?"

"呃……就是沟通、联系、文字对接等。"

哈利皱眉:"这样吧,我来问您,您只需要回答是或者不是。"

贝莉迟疑了一下,点点头。

"您是否负责参赛者报名工作?"

"不负责。"

"您是否能接触到参赛者报名的相关材料。"

"这个……可以的。"

"您是否负责在参赛过程中与参赛者联系?"

"我并不负责这项工作,有专门的同事负责,而且使用的都是专用平台,我没有办法接触到。"贝莉略有些急切,说了哈利见过她以来最长的一句话。

哈利和杰瑞对视了一眼,他接着询问:"您是什么时候认识卡尔·李斯特的?"

"呃,我们是在节目开播之前的招待会上认识的。"

"您与他关系怎么样?"

"不太熟,呃我是说,只是见过而已。"

"你们有过交谈吗?"

"并没有。"

"您还记得当时他穿什么衣服吗？"

"让我想想，应该是牛仔裤和衬衫，上衣很旧，穿一双很笨重的靴子。哦对了，衬衫是白色的，但已经洗得发黄了。"

哈利看着手边卡尔·李斯特参加节目招待会的照片，不由一笑："描述得分毫不差，当时他确实穿的这些。"

贝莉微不可见地松了一口气。

"但我很好奇，当时节目招待会人非常多，您作为奥列格夫人的秘书想必也不能离她太远，需要随时待命。而以您的说法，也并没有与卡尔·李斯特交谈过。那么，您能否解释一下，是怎么将他的打扮观察得如此仔细，又在已经过了一年的情况下，还记得这么清楚的？"

贝莉慌忙摇头，她想解释："不，我只是对他感兴趣而已……不我是说，他当时很显眼，

很不时髦……是的，打扮得很不时髦，那样的场合他是十分显眼的，因为大家都很得体……"她有点语无伦次。

哈利拿起桌上的日记："我们在卡尔·李斯特的随身遗物里发现了这本日记，上面记录了他的安吉尔有一条十分漂亮的项链，像湖泊那样耀眼。我记得温迪小姐也有一条这样的项链。"

听完他的话，贝莉开始微微颤抖，她试图反击："世界上相似的项链有几百万条，或许您应该去问问这位安吉尔姑娘。"

"是吗？"哈利盯着她的眼睛，"您是怎么知道，她叫安吉尔呢？我以为，卡尔说的是'我的天使'。"

贝莉低下头，握紧了手，"我不明白您在说什么。"

哈利点点头："不明白吗？那我重新给您讲一次吧。您与卡尔·李斯特很久之前便相识，你们是恋人关系，你很低调，你们的恋情几乎没有人发觉。他非常爱你，爱你的一切，连你的项链都深

深镌刻在他人生的回忆里。他没有钱,又必须向你求婚,于是他打算参加你负责的节目去赢取奖金。你利用工作便利,更换了他的参赛手机,并买了一只一模一样的来接收电视台的短信并转发给他。但在关键的时刻,你隐瞒了关键信息,因为……"哈利突然靠近她,"你想让他死。"

"胡说!"贝莉突然大声尖叫,"这是污蔑!我为什么要害死他?我根本不认识他!"

"您是否认识他,我们可以从别的地方调取证据,比如奥列格夫人家附近的街区监控。我想你一定在某次因为工作关系需要去奥列格夫人家的时候是与卡尔同去的,奥列格夫人这样的性格不会允许你带男友上门,那就只能是她不在家的时候,或许她安排您去取需要干洗的衣物?又或者是去整理家务?"

哈利看着贝莉渐渐愤怒的表情继续说道:"是的,奥列格夫人一定经常让您在工作以外的时候为她个人服务吧?您可能不知道,奥列格夫人家的地毯让卡尔非常不舒服,以至于他念念不忘,写在了这本日记里。"

"通过卡尔的日记和邻居对他的描述,可以肯定他患有严重的精神疾病,有暴力倾向,"哈利拍了拍桌上的就医记录,"至于你借机杀死卡尔的动机,因为他一直在对你使用家庭暴力。"

贝莉下意识咬紧嘴唇,表情开始渐渐狰狞,她猛地甩过头:"这一切都只是你们的猜测而已!日记?法律什么时候开始以日记定罪了?!这是你们伪造的!这是诽谤!我不承认!"她扬起了一个诡异的笑容,"你们有证据吗?有吗?"

汤姆推门进来,附耳对哈利说了几句话。哈利听完,对着歇斯底里的贝莉怜悯说道:"卡尔·李斯特醒了。"

贝莉的声音戛然而止,她睁大眼睛,愤怒混杂着不敢置信的表情定格在脸上，显得滑稽又可怜，"你说什么？"

哈利神情复杂："抱歉，卡尔·李斯特没有死亡。他刚刚从昏迷中醒过来，您不是要证据吗？我想他愿意告诉我们一些事情。"

贝莉呆坐在那里，过了十几秒突然暴起，杰瑞连忙上前架住她。

"他居然没有死！居然没有死！"贝莉张牙舞爪，哭着号叫，"这不可能！我要他死！我要这个魔鬼回到地狱里去！"她捂住脸，眼泪从指缝里流淌出来，"……我没有办法……我没有……我不想杀人……他说过他爱我，但我没有办法，我不能跟一个魔鬼一起生活……他虐待小动物，你们没有见过他把它们剥皮的样子，太可怕了，他是魔鬼……"

贝莉试图扑向哈利，"我要杀了他，就像他杀死那些动物的时候一样！这是大自然的复仇！这是上帝的旨意！你们不能指控我！"

杰瑞和汤姆拼命制住她，把她拉出了办公室。

哈利静静站立了一会儿，开始收拾桌面上的东西。杰瑞布置完那边的事情，气喘吁吁回来："警长，您没有事吧？"

哈利摇摇头："只是有些头疼。我要出去喝杯咖啡。"

"您需要好好休息一下，我想案件报上去之后还会有对您的表彰的，如果不是您心思缜密，大家可能都会当作意外。"

哈利穿好外套，走到门边，看着外面飘落的雨点，轻轻说："我只觉得，这是个悲剧。"

他撑起伞，走入了茫茫风雨中。

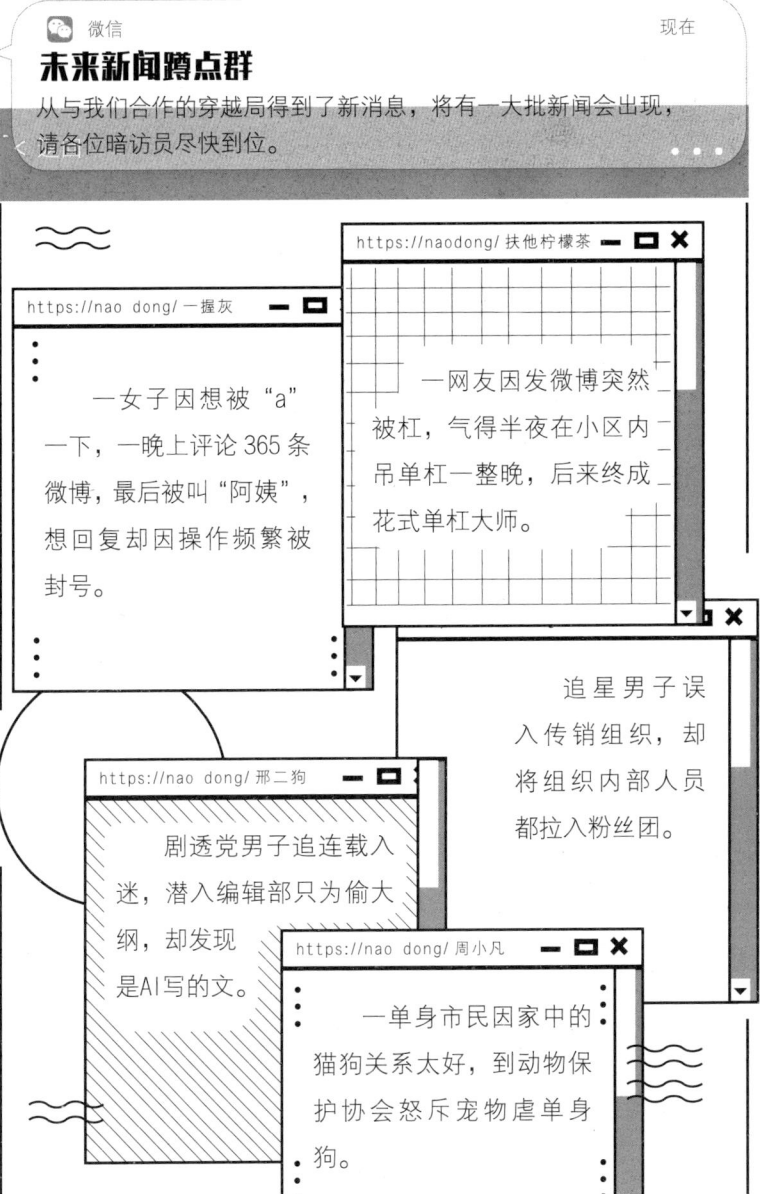

出 品 人	朱家君	执行总编	罗晓琴
总 经 理	常蓦尘	设计总监	李 婕
总 编 辑	熊 嵩	产品经理	陈雪琰
		发行总监	章筱迪
		插图绘画	徐昱冉
执行策划	唐钰颖	流程校对	胡丽云 汤诗蕊 陈斯诺
特约编辑	陈斯诺		邓玉玮 夏金铃
装帧设计	徐昱冉	宣传营销	蒋 惊 蒋 雷

总出品　漫娱文化

图书在版编目（CIP）数据

一本正经喜感新闻 / W一本正经先生 主编 . 一武汉：长江出版社，
2018.5
ISBN 978-7-5492-5748-5

Ⅰ.①一… Ⅱ.①W… Ⅲ.①故事－作品集－中国－当代Ⅳ.
①I247.81

中国版本图书馆CIP数据核字（2018）第087321号

本书经由天津漫娱文化传播有限公司正式授权长江出版社，在中
国大陆地区独家出版中文简体版本，并取得其他衍生授权。未经
书面同意，不得以任何形式转载和使用。

一本正经喜感新闻 / W一本正经先生 主编

出　　版	长江出版社			
	（武汉市解放大道1863号　邮政编码：430010）			
出　　品	漫娱文化			
	（湖北省武汉市积玉桥万达写字楼11号楼19层　邮政编码：430060）			
选题策划	漫娱文化图书			
市场发行	长江出版社发行部			
网　　址	www.cjpress.com.cn			
责任编辑	陈　辉	开　　本	880mm×1230mm　特规1／32
装帧设计	徐昱冉	印　　张	8
印　　刷	深圳市精彩印联合印务有限公司	字　　数	173千字
版　　次	2018年5月第1版	书　　号	ISBN 978-7-5492-5748-5
印　　次	2018年5月第1次印刷	定　　价	35.00元

版权所有，翻版必究。如有质量问题，请联系本社退换。
电话：027-82927763（总编室）　027-82926806（市场营销部）